岳飛

目錄

☆【推薦序】

蔡淑媖（中華民國兒童文學學會秘書長、磚雅厝讀書會會長）

讓經典名著串起代代閱讀的記憶

好的故事不會被時代所淘汰，好的故事總是一代傳一代，而在閱讀的時候，你不會覺得它不合時宜，也不覺得它很古老。

還記得女兒四歲時，我與她一同觀賞改編自《清秀佳人》的卡通影片，她著迷於紅髮安妮的表現，我則體會著瑪麗拉兄妹為人父母的心情。當安妮要離家求學時，瑪麗拉捧著安妮小時候的衣服背對著鏡頭哭泣，她感嘆時光過得太快，我忍不住也哭了。這時，女兒抱著我說：「媽媽，我不會那麼快長大，我不會離開你的。」童言童語惹得我破涕為笑。**經典故事就是這麼能跨越時空，同時打動兩代人的心。**

這套書裡面的故事都曾被改編成影片，因此，很多人即使沒有看過書，也都知道這些故事，而知道故事後再回來讀這些書，那感覺就像和老朋友會面一樣，既溫馨又甜蜜。

例如，改寫自中國長篇歷史故事的《岳飛》和《三國演義》，可說家喻戶曉，大家多多少少都知道一些精彩片段，若能重新再透過文字咀嚼一次，將片片段段組合起來，那不完整的印象便具體了，成了可以跟孩子分享的材料。

而《安妮日記》紀錄一段悲慘的歷史，透過一個小女孩的眼睛，讓大家看到戰爭的殘酷及人權被迫害的可怕，世界上人人生而平等，不管膚色、種族、性別，大家都有同樣的生存權利，這樣的態度在現今世界更需要存在。

談到「生存權利」，自然想到《海倫．凱勒》這本書，一個又聾又盲的女孩，要如何活出自己呢？在那個科技不是很發達的時代，聽不到、看不到的孩子要如何學習呢？想起來就讓人充滿無力感，可是，沙利文小姐憑著無比的耐心，對海倫循循善誘，讓她的人生出現了光明，這是非常激勵人心的真人實事，在我們佩服海倫之際，同時想想自己是否有克服困難的決心，大人小孩互相勉勵！

同樣以小女孩為主角的故事《海蒂》，敘述一位自幼失去雙親、由姨媽撫養的女孩，五歲那年被帶到阿爾卑斯山的牧場和爺爺生活，三年後又被帶到城市陪伴不良於行的小姐，女孩雖然樂觀開朗，卻壓力過大出現夢遊情形，最後重回她念念不忘的牧場，開心的過著簡單而幸福的生活。不同於小女孩的成長故事，屬於小男孩的《湯姆歷險記》則展現了另一種生活樣貌；而從男孩的冒險到青年的冒險，《魯賓遜漂流記》裡的主角則帶讀者遠航到更遠的地方，度過不可思議的荒島生活。不同於湯姆和魯賓遜在大自然中的冒險，《環遊世界八十天》的福克先生帶著我們馬不停蹄的繞著地球跑，過程刺激極了；更刺激的是《福爾摩斯》與華生的偵探故事，會讓人腦筋跟著動不停。

閱讀可以解放禁錮的心靈，讓人「身處斗室、心去暢遊」，當你的心乘著想像的翅膀飛向千里之外時，就像真的經歷了一趟豐富的旅行，這種美好的體驗，孩子們一定要擁有。

經典名著歷經數百年依舊在世上流傳，一定有它立足不墜的地方，不管家長陪孩子或老師引領學生，這些作品都是很棒的選擇。讓大家一起來閱讀經典作品，串起代代閱讀的記憶吧！

林偉信（台灣兒童閱讀學會顧問、誠品文化藝術基金會「深耕計畫」顧問）

這套【影響孩子一生的人物名著】系列中的主角們，沒有因為自己的出身或是生活環境的困頓，自我設限，自怨自艾，反倒都是**努力掙脫宿命的桎梏，積極追求生活中的各種可能發展**，創造出各種新的意義，為自己的人生書寫出一篇篇撼動人心的美麗篇章。藉由閱讀這些「人物」的故事，我們不僅可效法他們的典範，激勵心志，有勇氣去面對與克服人生中各式各樣的困難與挑戰，並且，也因為透過故事的閱讀，讓我們了解：「每一個人的作為背後都會有一段故事」，因此，在生活中，就更能了解個別特質、尊重差異，給予他人更大的關懷與慈悲。

張璉（東華大學歷史系教授兼圖書館前館長）

兒童接觸閱讀，多半是從寓言、傳說，或者童話、神話故事起步，在充滿異想、奇幻式的萬花筒世界中，可激發兒童豐富的想像力與好奇心，即便如卡通或兒童電玩也不例外，皆以饒富想像、靈活幻化的情節為題材，然後寓教於其中，逐步導引兒童認知這個多采多姿的世界。

人物故事或傳記就大不同了，不論是文學體裁或以傳記、日記的形式，都是以現實生活為場景描寫人生故事，與充滿想像、不受框限的題材迥異。現實人生既不幻化，也缺乏異想，更不似神話，**人物故事或傳記裡的主人翁，在現實世界中或因堅毅的生命、或品格操守、或智慧卓絕、或不畏艱險等等，不同的人生經歷皆可做為孩子們學習效法的典範。**

目川文化精選十冊人物故事叢書，有中外文學名著、日記及人物傳記，非常適合中高年級的兒童閱讀。大部分的小朋友不大主動閱讀人物傳記，需經家長或老師的引導，為他們開啟另一扇窗。閱讀人物故事，能更認識這個世界與中外古今人物典範。

讀安妮的日記，彷彿通過一位猶太少女的雙眼，看見為避納粹迫害而藏於密室的悲慘世界，也從安妮坦誠而幽默的文筆，讀到在艱困中的心靈成長。從命運坎坷的海蒂身上，可嗅出天真樂觀的特質，終而翻轉了頑固的爺爺，也改變身障富家千金的人生觀。從湯姆的歷險，看到一個古靈精怪的頑皮少年，在關鍵時刻竟然變得勇敢而正義。又如，熱愛航海的魯賓遜，不幸漂流至荒島，為了求生存，怎樣在孤絕環境下發揮強大意志力與求生本能，令人好奇。從福爾摩斯的辦案，可學到邏輯推理、細微觀察與冷靜縝密的思考。再如，精忠報國的岳飛，力圖恢復失土，率領大軍討伐金軍，卻遭奸人所害，雖壯志未酬，但他堅貞愛國的情操永留青史。中國「四大奇書」之一的《三國演義》，從劉關張到魏蜀吳，從諸葛亮到司馬懿，鮮明的人物形象與詭譎的智謀，既是談亂世的歷史，更是談仁義節操與智慧人生。

在眾多書海中，尤以人物故事對人們的影響最深，書中的主人翁能深入孩子的內心世界，與之同喜同悲，「品格教育６Ｅ」第一步就是樹立典範（Example），因此，必須慎選優良的人物故事，不僅獲得人生智慧，更是品格學習的榜樣，為孩子及早建立形象楷模與正確的價值觀。

李博研（神奇海獅、漢堡大學歷史碩士、「故事：寫給所有人的歷史」專欄作家）

「想讓孩子揚帆出港，重要的不是教給他所有航行的知識，而是讓他渴望海洋。」這句話我一直銘記在心，在做文化推廣的漫漫長路上，這也一直是我的初衷。當孩子開始對一項事物感興趣，他自然而然會開始學習一切必要的知識。目川文化的〈影響孩子一生名著系列〉精選平易近人的十本經典【世界名著】、十本【奇幻名著】，到現在的十本【人物名著】，相信能讓孩子從閱讀故事的樂趣中，逐步邁入絢爛繽紛的文藝殿堂，實屬今年值得推薦的系列童書！

陳之華（知名親子教養、芬蘭教育專家）

許多父母總會心急又關切地詢問：孩子的成長中，有哪些是必備的養成養分？**我總以為，閱讀習慣的養成、閱讀興致的培養，是極重要的一環。**我兩個目前已成年的女兒，在孩童階段，就有多元與豐富的閱讀經驗，除了圖書館的借閱外，也在家裡的書堆中長大。

家裡的各類叢書，宛若一個小型圖書館，彙集許多經典書冊和孩子喜愛的兒少著作。這些書常常營造出一種氛圍，在每日的生活中，成了看似有形卻無形的一種吸引孩子去接近它們的養分。有書在家，不僅帶給孩子一個有故事、有各種插畫與繪圖的環境，也會讓她們感到心有所屬，更讓她們在每隔一段時日中，總會再次拾起同一本書去閱讀，因而產生年歲不同的領悟。

近日一項由澳洲國立大學進行的研究指出，**孩童在幼年時期，家中的藏書、叢書愈多，孩子在日後的認知能力與知識發展的表現，都將更佳。**的確，孩子往往能透過不同的故事，開拓他們對世界的認知能力與想像力，目川文化出版的【影響孩子一生的人物名著】系列中，涵蓋了十本東西方精采可期的人物故事，有二戰時期飽受納粹迫害的《安妮日記》、紅髮俏皮的加拿大女孩《清秀佳人》、美國兒童名著《湯姆歷險記》、瑞士阿爾卑斯山上的《海蒂》、成就不平凡自我的美國聾盲《海倫·凱勒》、流落荒島二十八年的《魯賓遜漂流記》、英國紳士的《環遊世界八十天》、英國著名偵探《福爾摩斯》、精忠報國的《岳飛》，以及非讀不可的中華經典《三國演義》。

閱讀這些已然跨越了年代、國家與文化的經典人物傳奇，認識有別於自己成長環境的國度、歷史和文化背景，透過閱讀書中主人翁的成長、生命或冒險故事，孩子將有機會學習到韌性、勇氣、堅持、寬度、同理等能力。而從這些不同的角色中，孩子也必然有機會從中對比或想像一下角色互換的情境與心境，從而了解自己可能的想法、勇氣與作為。

陳孟萍（新竹縣竹中國小閱讀寫作專任教師）

孩子的成長與學習需要典範！

閱讀一本好書，彷彿站在巨人的肩膀上，讓人看到更高更廣闊的世界；從書中人物所經歷的種種困境，更可以讓人在閱讀時感同身受，獲得共鳴。這一套【影響孩子一生的人物名著】，**正有如此的正向能量，能給予孩子們成長時內化成學習的養分**：

《安妮日記》在安妮的身上學到不向逆境低頭的正向人生觀。

《清秀佳人》在安妮．雪莉的身上看到堅持到底的毅力。
《海倫．凱勒》從海倫．凱勒的奮鬥懂得珍惜自己所擁有的一切。
《海蒂》在海蒂的成長中見證永不放棄的力量。
《湯姆歷險記》從調皮善良的湯姆身上，看到機智勇敢讓人激發出前進的動力。
《環遊世界八十天》在福克先生的冒險中，體會隨機應變、冒險犯難的精神。
《福爾摩斯》冷靜思考、敏銳觀察是福爾摩斯教會我們的事。
《魯賓遜漂流記》在孤立無援時，勇氣與希望是魯賓遜活下來的支柱。
《岳飛》直到生命最終仍然恪守「精忠報國」的誓言，是岳飛為世人樹立的典範。
《三國演義》從歷史事件鑑古知今，在敵我分明的史實中見賢思齊，見不賢內自省。
強力推薦這系列經典名著，給正值青春年少的孩子們最棒的心靈滋養！

許慧貞（閱讀史懷哲獎得主、花蓮明義國小閱讀推動教師）

為什麼要讀「人物傳記」的書

是什麼樣的人物，能夠經過時代的考驗，創造出一片屬於自己的天地，留下值得紀錄的典範？藉由人物傳記的閱讀，我們可以在這些名人身上，找到很多值得學習的美好特質，這對還在學習階段的孩子而言，可以說是相當重要的閱讀資源。

在孩子成長的過程中，難免不只一次地被問到：長大以後要做什麼？多數孩子的答案，可能也就是醫生、律師、老師、科學家……之類，很容易獲得大人賞識的標準答案，至於那是不是自己心底真心的期盼？可能都心虛地答不上來。

或者，未來對孩子來說還遙不可及，充滿了未知的變數，但同時也有著無限的可能，在滿懷期待與盼望的年少時代，**孩子多讀一本傳記，就像多交了一位豐富的朋友**。此時，讓孩子看看書裡的人物是如何認真的過日子，辛苦的為著理想奮鬥，其中的過程或許滿是挫敗，但他們終究還是闖出了屬於自己的一片天。

透過這些人物的故事，孩子或可從中領略出自己將來想成為一個什麼樣的人，而他們曾經走過的路，遇過的挫折，也將成為孩子人生路上最好的借鏡。

陳昭珍（臺灣師範大學圖書資訊學研究所優聘教授兼教務長）

陪伴所有父母親長大的不朽經典兒童名著！

劉美瑤（兒童文學作家、台東兒童文學所）

關於書籍規畫，目川文化真的很用心，尤其是在翻譯上面字斟句酌，讓整部作品讀來更有韻味，在上一套影響孩子一生的【奇幻名著】中，力邀我為每一本深入撰寫每部作品的文學價值。新的這套【人物名著】，選作兼顧中外名典，角色豐富，有勇猛剛毅的男主角、調皮卻不失真誠的頑童、慧黠溫暖的孤女，以及陷於逆境卻始終向陽生長的堅毅女孩。這套作品中，我尤其喜歡用微笑感動他人的海蒂，以及善於用文字逐夢踏實的清秀佳人安妮．雪麗。我推薦大小朋友們繼續支持，因為讀者不僅**能從作品裡的每一位人物身上汲取到愛的溫度、明亮的思考**，更重要的是藉由閱讀他人的故事，我們能擴展看待事情的角度，學會用兼具勇敢與溫柔的態度去面對未來的挑戰。目川文化【影響孩子一生的人物名著】，真誠推薦給您！

林哲璋（兒童文學作家、大學兼任講師）

莊子說：「寓言十九，重言十七，卮言日出，和以天倪。」意思是指他教導人明白「道」的方式，百分之九十用寓言，百分之七十用「重言」。「重言」者，為人敬重者之言（行）也。在兒童文學裡，就是傳記和人物小說。

目川文化在先前的影響孩子一生【奇幻名著】系列，已經將「寓言」的部分實踐；現在熱呼呼出爐的人物系列，正準備展現「重言」的傳道之效。【人物名著】系列，引導兒童向書中人物（傳記人物，寫實小說人物）學習仿效，由這些書中人物現身說法，或許比親師再多遍的言教都還管用，不是這麼說的嗎——身教重於言教！有些時候，平凡的我們不一定擔當得起身教之責，但沒關係，傳記裡、寫實小說裡有！

目川文化的兒童名著系列，有寫實的虛構，有虛構的寫實，充分融合了言教與身教。**這套【人物名著】每本書裡還準備了「專文導讀」，介紹時代背景及作者生平和故事理念，融合感性與知識性讀物的元素，一舉而數得。**

陳蓉驊（南新國小推廣閱讀資深教師）

鼓勵孩子學習典範

「模仿」是孩子的天性，孩子會看著父母、周邊親友、電視節目等行為而模仿著，所有進入他們年幼思想的印象都可能難以抹去，所以父母師長需要多製造機會，讓孩子接觸值得模仿的典範。除了父母的以身作則，透過閱讀人物名著讓孩子從各個角色的人格特質進行省思、批判與學習，漸漸成長形塑獨特的自己，是最值得推薦的方法。

這套【影響孩子一生的人物名著】規畫的書目包羅萬象，值得推薦：浪漫幽默的《湯姆歷險記》、溫暖感人的《海蒂》和熱愛生命的《清秀佳人》，讓孩子在輕鬆閱讀中看見青少年的勇敢正義、純潔善良與自力自強。充滿邏輯推理的《福爾摩斯》、呈現世界各地奇風異俗的《環遊世界八十天》，及征服自然的《魯賓遜漂流記》，可以讓孩子從成人身上學習到冷靜從容的理性態度、科學知識的運用與克服障礙的堅定意志。戰亂中求生存的《安妮日記》與創造奇蹟的《海倫．凱勒》，更能讓生活在和平年代、身體健康的孩子們感受在艱難困境中，仍對生命懷抱希望的努力與心路歷程。《岳飛》與《三國演義》裡流傳千古的民族英雄，想必讓孩子更覺親切。

故事中各個主角人物的鮮明特質、行為氣度與高潔品德，很容易獲得孩子的認同。父母師長不用對孩子費盡脣舌灌輸品德觀念，**只要鼓勵或陪伴孩子閱讀這些經典名著，帶著孩子一起認識這些典範人物，慢慢的，我們將在孩子身上看見美好的改變。**

專文導讀

張璉
原東華大學歷史系教授兼圖書館館長
輔仁大學圖書資訊系兼任教授

談到岳飛，一般人最先浮現在腦海裡的，不外是精忠報國、岳母刺字、奸臣構陷，以及民族英雄等等，這些鮮明的印象都已深植人心。岳飛，是歷史上真實存在的人物，他的事蹟載於正史，同時也是戲曲小說中大悲劇的首席男主角。

史上大悲劇的首席男主角

西方著名劇作家莎士比亞有四大悲劇，但是，如果將岳飛的劇本與之相比，卻難以類比。為什麼呢？莎翁的悲劇道盡人性的弱點，如嫉妒與自私、貪婪與野心、欺騙與篡奪、陰謀與仇恨等等，透過情節的發展與轉折變化，可以說是發揮得淋漓盡致。然而，這些畢竟是文學家筆下的設計，舞台上每個人物走的每一步路、每一段人生都已經設定好了，岳飛的人生劇本卻不同，在他的生命中並沒有寫好的劇本，也不會知道自己下一步將走向何處。讀《岳飛》時，我們已經知道情節會如何發展，但岳飛走在自己的人生路上時，不是按照劇本走的，更不會知道自己的故事其實是個悲劇。

岳飛的悲劇，悲在哪裡？三十九歲那一年，是他氣勢如虹的一年，也是生命殞落的一年，他是政治惡鬥下的犧牲者，也是官場排除異己的受害者。岳飛自二十歲參軍，熟悉兵法，善於謀略，十年戎馬生涯中締造許多輝煌的戰績，有人數算他參與的戰役，有稱百餘場，甚至有稱數百場的，或許有些誇大，但他四次北伐，經歷大小不等的戰役，皆見載於史籍。當他被秦檜以莫須有之名處死，岳飛仰天嘆息，「十年之功，毀於一旦」，這是何等的悲！何等的憾啊！這不只是個人之悲，更是國家之悲，岳飛的人生劇本可歌可泣之處即於此。

岳飛畫像 *1

除此之外，我們還可從哪些面向更加認識這位九百多歲的岳爺爺呢？

黃河，壺口瀑布 *2

他是大洪水中的倖存者

岳飛生於宋徽宗年間湯陰縣的農村，未滿月即遭逢黃河潰堤，洪水肆虐，淹沒了家園，襁褓中的岳飛被岳母抱坐在水缸中，漂流多日，至洪水退去才倖存下來。如此震懾的經歷，似乎預示著岳飛有個不平凡的人生。雖然有人認為岳母抱子坐甕漂流之事可能是編造的，但是，翻開史頁，歷史上黃河決堤頻繁，大小洪災奪走人畜生命，皆是不假。這段岳氏母子歷險存活的記載，乃出自於岳飛之孫岳珂《鄂王行實編年》的記載，後來元朝編修宋史，將之收錄於《宋史．岳飛傳》，足見有相當的可信度。

少年岳飛右覽春秋、左讀兵書

岳飛與母親雖倖存下來，卻失去了所有，只能寄人籬下，但他們人窮志不窮。幼時岳母教他識字，後承老師周侗的啟蒙，並教以騎射。岳飛天生有神力，不及二十歲，就能拉開三百斤的大弓與八石重的硬弩，且箭箭穿心。岳飛喜讀《左氏春秋》，也熟稔孫吳兵書，既受儒家禮教的薰陶，也學習武藝與戰略，確是一位文武兼備、才華橫溢的少年。有意思的是，故事中有一段「瀝泉神槍」的描寫，述說岳飛為取瀝泉給老師周侗飲用，不畏懼兇惡大蛇，英勇地抓起大蛇尾巴，未料，蛇尾瞬間竟變成一桿丈八長槍。因此，人們認定這是上天賜給岳飛的神槍，且他將來必定是個將才。這段神話出自清人錢彩的英雄傳奇小說《說岳全傳》，奇幻的情節為少年岳飛增添更多的傳奇色彩。

八千里路雲和月

北宋末年極不平靜，北方金兵不時入寇，最後強擄徽、欽二帝，宋室傾頹，不得已以淮河為界，從此天下南北二分，史稱「靖康之難」。岳飛〈滿江紅〉：「靖康恥，猶未雪；臣子恨，何時滅？」充分道出他的憂國憂民。南宋開國之後，岳飛數度率軍北伐，收復大大小小的失地，眼見光復在望，卻一次次不順遂，如在第二次北伐期間，他遞上〈乞出師劄子〉，力陳收復中原的計畫，不僅未獲朝廷支持，而且兵餉不濟，只得又退守鄂州。又如第三次北伐時，南宋高宗重用主和派的秦檜為相，岳飛、韓世忠皆反對議和。因此，秦檜與金國暗通款曲，從中作梗，使北伐受挫，但岳飛仍義無反顧，養精蓄銳，整軍待發，「待從頭，收拾舊山河，朝天闕」，復國大業必須得一鼓作氣。

岳飛人生劇本的最高潮在他三十九歲那一年。紹興十年（西元一一四〇年）金兀朮毀和議，大舉入寇，岳飛再度揮師北伐，先後收復鄭州、洛陽，又於郾城、潁昌、朱仙鎮等地頻傳捷報，正當氣勢如虹時，朝廷卻以十二道「金字牌」敕令退兵，岳飛被迫班師回朝，最後遭秦檜以「莫須有」的罪名處死，彷彿一首氣勢磅礴的交響詩戛然而止，岳飛最後的哀鳴：「社稷江山，難以中興；乾坤世界，無由再復」，如此這般，怎不教人扼腕嘆息！

高宗之後的孝宗、寧宗皆為岳飛昭雪平反，

秦檜夫婦跪像，於杭州岳王廟 *3

宋岳鄂王墓 *4

先是追諡「武穆」，後追封「鄂王」，理宗時再改諡「忠武」，岳飛的忠臣風骨終得以名留青史。

岳飛的敘事起於明代

兩百多年後，歷史竟然重現！明朝皇帝被蒙古人擄走，國家危在旦夕，史稱「土木堡之變」。幸賴兵部尚書于謙臨危不亂，扶立新君穩住朝政，強固國防，退卻南遷之議。為鼓舞民心士氣，特在岳飛故里湯陰興建岳廟，賜名「精忠」；其後，朱仙鎮、武昌等地也接續修廟紀念。不料數年後，復辟的英宗竟將護國有功的于謙以迎外藩的罪名處死，直至憲宗成化年間才平反。于謙的冤死與岳飛十分相似，人們紀念于謙咸以「孤忠」、「精忠」稱之，且以褒揚岳飛的忠，來襯托于謙的冤。說來巧合，于謙祠與岳王廟都立在杭州的西湖邊上。岳飛的英雄形象，因為于謙的冤，在明代重新被樹立，各地岳飛廟也更加香火鼎盛，足見已在人們心中生根。

杭州岳王廟 *5

除史料記載與岳廟祭祀外，見諸史料，岳飛的身影在民間愈來愈明晰，則是從明代成化年間姚茂良的《精忠記》開始，後來陸續有各家改寫的通俗小說，他們為岳飛的故事增添許多橋段，甚至加入神話的成分，大約自晚明以後，岳飛已是街頭巷尾傳頌的話題人物了。

刺字三變

值得一提的是，「岳母刺字」其實是後世小說演繹的。故事原型見《宋史．岳飛傳》，記載岳飛受審時，「飛裂裳以背示鑄，有『盡忠報國』四大字，深入膚理」，僅記岳飛背後鑄有四字，未述及何人所刺，於是給了小說家發揮的空間。明末馮夢龍改寫《精忠旗傳奇》，以「精忠報國」四字是岳飛令其部將張憲所刺，且改「盡忠」為「精忠」。清乾隆年間錢彩編《說

頤和園長廊彩繪：岳母刺字 *6

岳全傳》，則演變為岳母為訓子而刺背「精忠報國」。自此，岳母刺字的形象定型，在戲曲中凸顯岳母的角色與分量，如此前後三變，亦反映出戲曲小說活潑的創作力。

仁、信、智、勇、嚴

南宋理學家朱熹曾與門生談論岳飛，門生問，岳飛的行事為人與張良、韓信相比，誰比較好，朱熹說：「張韓所不及，都是他識道理了」，門生又問，岳飛之上還有誰，朱熹回答：「次第無人」，可見岳飛在大儒者心中的地位。**岳飛的故事，彰顯了盡忠與報國，也展現忠孝節義，曾有人問岳飛用兵之術，他說「仁、信、智、勇、嚴」，換個角度看，這五字訣不也正是我們立身行事的準則嗎？**前三者，是「五常」仁、義、禮、智、信的要旨，是儒家修身的品德；後二者，「勇」與「嚴」則代表膽識與紀律，是儒家律己的操守。

當我們在閱讀《岳飛》的同時，不僅感慨史上一宗大悲劇，也可洞見一位儒家實踐者的典範。

岳飛雕像，於武漢黃鶴樓公園 *7

第一章　傳奇人生揭幕

宋朝徽宗年間，河南相州湯陰縣岳家莊有戶人家，男主人的名字叫岳和，夫人姚氏，年紀已經四十來歲，才生下一個兒子。男主人中年得子，自然非常高興，便給兒子取名岳飛，字鵬舉，希望他以後像大鵬鳥一樣展翅高飛。

岳飛出生的第三天，按照家鄉的風俗，岳家張燈結綵，廣邀親朋好友、鄰里鄉親為小岳飛慶賀。只見小岳飛頂著大大的腦袋、粉紅的小臉，手腳像一節一節白色的蓮藕，在母親的懷裡睜著圓圓的大眼睛，好奇地打量著這個世界。大家圍著白白胖胖的小岳飛有說有笑，整個莊院沉浸在一片歡樂的氣氛中。

眾人舉杯喧騰之際，突然聽見一聲巨響，不遠處的黃河堤潰決，眨眼間，岳家莊成為一片汪洋，院內賓客四處逃散。在這危急的時刻，岳和急中生智，讓夫人姚氏抱著小岳飛爬進院子裡的大缸。

說時遲那時快，洪水瞬間灌入院子，把這口大缸托起，沖出院外。姚氏抱著襁褓中的小岳飛坐在缸中，岳和手扶缸沿，隨著大水載浮載沉。

良久，波濤翻滾依舊，更不見洪水消退的跡象，不諳水性的岳和漸漸支撐不住。姚氏一手用力抓住缸外的丈夫，一手抱著年幼的岳飛，也逐漸感到力不從心。忽然，一個巨浪打來，岳和的手一鬆，人就被洪水捲走了，姚氏只能依稀聽見丈夫遠去的聲音：「把孩子……撫養……成人……」。

姚氏悲痛欲絕，只覺得眼前一黑，人便暈了過去。不知道過了多久，姚氏才在小岳飛飢餓的啼哭聲中醒來。

★　★　★

王明是河北大名府內黃縣麒麟村裡的富家員外。這天，王明早上起來，僕從王安便前來報告，說是河水沖來好多物品。王明急忙披上衣服，帶著王安一起到河岸視察。

還未走到河邊，王員外已聽見沿岸傳來陣陣響亮的嬰兒啼哭聲，卻到處不見哭聲的主人。他覺得奇怪，便帶著王安循聲前進，沒想到最後走到一口大水缸前。員外探頭往缸內查看，竟見一位中年婦人昏昏沉沉地摟著啼哭的孩子，正要努力站起身。王員外主僕二人急忙攙扶，幫助她邁出大缸。他們正是大難不死的岳飛母子。

當天，王員外吩咐僕從先將岳飛母子帶回家中安頓。過了幾日，等他們母子身體好轉，王員外又派人前往湯陰縣打聽消息。回來報告的人說，洪水雖然停了，可是湯陰縣境內仍是一片汪洋，沒辦法打聽到岳和及其親戚的下落。姚氏一聽，放聲大哭。

王員外的夫人何氏見姚氏舉目無親，且性情溫和，跟自己又很談得來，便和王員外商量，把外屋兩間空房整理好，讓岳飛母子在麒麟村安家落戶。

在收留岳飛母子後的第二年，王員外意外喜得一子，取名王貴。

時間過得飛快，眨眼間岳飛到麒麟村已經七年，王貴也六歲了，兩人都到了該讀書的年紀。王員外特意請了一位教書先生，教他們兩人讀書寫字。村裡的湯員外、張員外是王員外的好朋友，聽說王員外請了一位教書先生，便把他們的兒子湯懷、張顯也送來一起讀書。

岳飛讀書還算認真，但其他三個小頑皮都被家裡人寵壞了，哪裡肯專心讀書，每天就知道追來打去，滿腦子都想著玩樂，教什麼都記不進去。教書先生看不下去，略微責備幾句，他們就想方設法捉弄先生，甚至趁著晚上把先生的鬍子剪個精光。教書先生又氣又惱，想想若是認真責罰，這幾個小霸王都是家中獨子、父母的心肝寶貝，哪家捨得？迫於無奈，他只得辭職求去。王員外又一連請了好幾位教書先生，最後都落得相同下場，讓他傷透腦筋。

岳飛的母親看在眼裡，急在心裡。她擔心岳飛也跟著他們終日廝混、荒廢學業，於是把岳飛叫到面前，語重心長地對他說：「孩子，你今年七歲，年紀也不小了。我為你準備了一個籮筐，你明天就去拾柴吧！」岳飛是個乖孩子，馬上答應了。

第二天，岳飛早早地吃完早飯，背著籮筐走出家門，朝村邊的小山走去。這時，村子裡的七、八個小孩正在山邊草叢裡玩捉迷藏。有兩個小孩看到岳飛走近，便大聲叫住岳飛：「岳飛，你來得正好。我們還少一個人，一起玩捉迷藏吧！」岳飛搖搖頭說：「母親要我去拾柴，沒時間玩，你們自己玩吧！」幾個小孩哪肯罷休，他們圍住岳飛，這邊你推一下、那邊我拉一把。岳飛看情況不妙，便伸手推倒幾個小孩，衝出包圍，跑進山裡拾柴了。

幾個小孩見岳飛力氣大，自己不是對手，便哭哭啼啼地跑去向岳母告狀，說岳飛打了他們。

岳飛上山撿了許多枯枝，裝滿籮筐，便匆匆返家。岳母已經焦急地等他許久了，一見人就嚴肅地問道：「我要你去拾柴，你怎麼跟別的孩子打架呢？」岳飛一聽，連忙跪下，對岳母說：「母親別生氣，我再也不跟別人打架了。」岳母知道岳飛是個懂事的孩子，絕對不會無故打架，也大概猜出事情的來龍去脈，便對他說：「孩子，今後你就別去拾柴了。我今天跟王員外借了幾本書，明天我在家裡教你讀書吧！」

岳飛非常聰明，書上的知識一點就通。過了幾天，岳母發現家裡沒有寫字用的筆墨和紙張，就對岳飛說：「兒子，母親為人家縫補衣服賺了一些錢，你拿著這些錢，去買些紙和筆。母親今日就教你寫字。」

不料，岳飛卻說：「母親，不用買，我已經有紙和筆啦！」岳母疑惑不解，問道：「在哪裡？」岳飛眨了眨大眼睛，笑著說：「母親，我這就去拿。」只見他拿起一個畚箕走出門，到河邊盛了滿滿一畚箕的河沙，又折了根小樹枝，走回來

笑著說：「母親，這就是我的紙和筆，不用買！」

岳母摸著岳飛的頭，笑著說：「這倒是個好辦法。」於是，她把細沙鋪在地上，然後握著岳飛的手，用樹枝一筆一畫地教他寫字。

★　★　★

王員外的兒子王貴是家裡的小霸王。有一天，王貴和僕人王安在後花園玩，發現涼亭裡的桌上有一副象棋。王貴從來沒有下過象棋，就問王安：「這是什麼？怎麼有那麼多字在上面？那些字是做什麼用的？」王安回答：「這是『象棋』，是用來比輸贏的。」王貴又問：「那怎麼算贏呢？」王安答道：「紅的吃了黑的將軍，紅的贏；黑的吃了紅的將軍，黑的贏。」王貴一聽，頓時有了興致，就說：「這麼簡單！我們來玩一盤！」

王安把象棋擺好，說道：「少爺請下。」王貴拿起自己的將軍便把王安的將軍吃了，然後說道：「你輸了！」王安笑道：「少爺，哪有這樣的下法呀？將軍不能走出下面方格的。」王貴惱羞成怒：「既是將軍，當然由我做主！為什麼不能出來？你欺負我不會下棋，想騙我嗎？」說完就拿起棋盤，朝王安頭上砸去。

王安毫無防備，頭部被王貴用棋盤砸傷，「哎呀」一聲，轉身就跑。王貴卻還不肯消停，徑直追了上去。

這時，王員外正巧走進花園，看到王安頭上流血，就問他原因。王安如實向王員外稟告，王員外聽得火冒三丈，大罵王貴：「你小小年紀，竟然如此無禮！看我不打死你！」一抬手就打了王貴幾下。

王貴出生以來從未被這樣打罵過，哭哭啼啼地跑到母親何氏那裡說：「爸爸要打死我了！爸爸要打死我了！」王貴是何氏的心頭肉，見王員外怒氣沖沖地進來，何氏立即哭鬧道：「你年近半百才得一子，為了什麼雞毛蒜皮的小事，你要打死他？孩子怎麼禁得起你的力氣！你若是要打，我就跟你拚了！」說完，一頭向王員外撞去。

幸虧房裡的婢女拉住何氏，勸了她半天，好不容易才把何氏安撫下來。王員外見夫人不講道理，一時也沒辦法，只得連連搖頭，長嘆道：「你再這樣縱容他，恐怕將來要害他一輩子啊！」

王員外悶悶不樂地走到客廳，突然看到張員外、湯員外從外面走進來，二人皆怒形於色。王員外上前一問，原來他們也遇到和王員外一樣的事情——孩子頑劣，被他們責打幾下，夫人得知後都是一陣哭鬧，他們只好到王員外這裡來訴苦。王員外不禁苦笑，也把自己的處境告訴朋友，三人面面相覷，無可奈何。

就在這時候，僕從進來稟報：「陝西周侗老先生前來拜訪員外。」王員外一聽，非常高興，忙將周老先生請進客廳，並讓廚房準備好酒好菜。

四人在客廳閒談，問起周老先生家裡的近況，周老先生說：「我的妻子逝世多年，兒子也在征遼戰爭中戰死，如今舉目無親。不知各位兄弟都有幾個兒子啊？」三位員外互相看了看，面露愧色，分別將孩子的情況說了一遍。

周侗說：「孩子還小不懂事，何不請位先生來，教教他們做人的道理？」

「老哥有所不知，請來的幾位先生不是他們的對手，都紛紛辭職回去了。現在哪還有人肯教他們？」王員外答道。

周侗笑著說：「看來這幾位先生都不懂得因材施教。如果由我來教，一定能把他們教好！」三人一聽，非常高興，都極力挽留周老先生。周侗考慮了一會兒，便欣然答應了。

此時，王貴正在外面玩，一個僕從偷偷告訴他：「員外今天請了一位厲害的教書先生。」王貴一聽，連忙去找張顯、湯懷，準備用鐵尺、短棍給這位新來的先生下馬威。

第二天，三位員外送兒子上學。待他們一走，周侗知道王貴要帶頭搗亂，便讓幾個孩子先自我介紹。王貴一看是位老先生，更不放在眼裡，大聲說道：「你這個客人不先自報來歷，反倒要我這個主人先開口，真是不懂規矩，怎麼當先生？」說著，從身上摸出暗藏的鐵尺，朝周侗頭上打去。

不料，看似老態龍鍾的周侗眼明手快，把頭一偏，左手接住鐵尺，右手順勢拎起王貴，再俐落地將他按倒在板凳上，左手換拿桌上的戒尺，朝王貴狠狠抽了幾下。王貴可從未遇過這樣的先生，立刻被打得服服貼貼。張顯、湯懷二人見了，默默藏好短棍，不敢再放肆。從此以後，三人認真聽從周老先生的教誨，用心學習。

岳飛的家就在書房隔壁，他聽說王員外請了位厲害的教書先生，就每天用凳子墊在腳下，爬上牆頭偷聽周侗講課。有一天，周侗有事外出，事先安排三道題目，讓學生們寫成文章，說是回來要批改，然後匆匆出門了。

岳飛是個非常好學的孩子，他看到周侗出門，想要藉此機會到書房裡看看周老先生的文章。誰知岳飛剛踏進門，王貴就高興地一把抓住他說：「張顯、湯懷，我爸爸經常誇岳飛聰明。今天先生出了題目要我們寫，我們就讓岳飛代寫，怎麼樣？」另外二人都點頭附和，也同意把抽屜裡的點心留給岳飛。之後，他們就把書房門反鎖，讓岳飛在裡面寫文章，然後跑出去玩耍了。

岳飛只好把三人平時的文章翻出來，仿照各人的口氣寫了三篇。寫完後，岳飛又好奇地把周老先生的文章都仔細看了看，不禁感到非常佩服，他心想：「我若是有幸接受周老先生的教導，該有多好哇！」

正當岳飛還沉浸在周老先生字字珠璣的文章時，書房外傳來一陣吵雜的腳步聲，接著就看到王貴、張顯和湯懷慌慌張張地打開門鎖，衝了進來：「先生回來了！快走！快走！」他們擔心老師發現代寫文章的事情，催促岳飛趕緊離開，岳飛只得照辦。

周侗回到書房，看到三篇文章擺在面前，他仔細地讀了讀，發現竟然寫得不錯。想到三人平時寫作語句不通的情況，周侗心裡暗想：「莫非是讓人代寫的？」一問王貴，王貴雖然頑皮，性格卻是敢做敢當，見老師懷疑，便承認是隔壁岳飛代寫的。周侗聽了，立刻讓王貴去把岳飛找來。

岳飛見到周侗，深深地鞠了躬。周侗見岳飛相貌端正，看起來十分聰慧，認為這孩子將來必成大器。周侗問岳飛讀書寫字是誰教的，岳飛都如實回答。周侗聽到岳母用沙子教孩子寫字，家境貧困卻培養出這麼聰明又勤奮的孩子，稱讚不已。他非常喜歡岳飛，決定收他為義子，讓岳飛跟隨他讀書學習。

次日，周侗又讓岳飛、王貴等四人結為兄弟。從此四兄弟跟隨周侗認真學習，周侗也傾囊教授畢生所學。

第二章　智勇雙全

光陰似箭，不知不覺間岳飛已經十三歲了。在周侗的精心栽培之下，四兄弟無論性格或智識都成長許多。

一天，周侗帶著四兄弟踏春，順道拜訪瀝泉山上的高僧志明長老。師徒五人在一片樹林中找到長老的住所，剛推開竹籬，就看見志明長老拄著拐杖、笑容滿面地走出屋外。周侗和志明長老來到客廳，互相施禮後入座，四兄弟則站在兩旁。長老問起周侗的近況，周侗說：「小弟最近在教導幾位小徒。這岳飛是我的義子。」長老看了岳飛也很喜歡，便邀五人留住一宿。

次日早晨，小沙彌捧了茶進來，周侗喝了一口，問長老：「我聽說這座山上有個瀝泉，用此泉水煮茶味道極好，可真有此事？」長老說：「這山名叫瀝泉山，山後有個瀝泉洞，洞裡的泉水是奇水，不僅味道甘甜，用來沖洗眼睛還能讓視力變得清晰。我們原本就用這泉水煮茶，但是，最近洞裡經常冒出怪異的煙霧，若不經意吸入口鼻，會令人頭暈目眩，因此無法再用這泉水待客了。」周侗惋惜地說：「想

瀝泉奇品

必是我與它沒有緣分。」

岳飛在旁邊聽著，心裡暗想：「既然瀝泉水有這等好處，我去給義父弄些來，也不枉義父平日對我的關照。」於是他悄悄向小沙彌打聽瀝泉洞的方向，然後討了茶碗，徑直前往後山。

後山果然有個石洞，從石洞中流出一汪泉水，旁邊的一塊大石頭上刻著「瀝泉奇品」四個大字。此時，石洞裡伸出一個巨大的蛇頭，正懶洋洋地閉目養神。岳飛心想：「原來是這個蛇妖在作怪，讓我來打死牠！」於是他放下茶碗，捧起一塊巨石，準確地砸向蛇頭後，立時深吸一口長氣並止住呼吸。霎時間，毒霧瀰漫，蛇妖睜開銅鈴大眼惡狠狠地瞪著岳飛，然後張開血盆大口直衝過來。岳飛沒有絲毫畏懼，沉著應戰，他把身子一側，閃過蛇頭，接著順勢一把掐住蛇身。沒想到，一聲轟然巨響炸破濃霧，岳飛定睛一看，自己手中哪裡是什麼蛇妖，而是一杆閃閃發亮的丈八長槍，槍桿上刻著「瀝泉神槍」四個字。

岳飛得到這杆天賜神槍，心裡非常高興。他進入石洞舀了泉水，然後一手端碗，一手提槍，回去向周侗和長老說了事情的經過。周侗聽了大喜，長老沉吟片刻後說道：「此神槍非屬凡間兵器，令公子將來定是出將入相之材。我這裡有一部兵書，著有幾招槍術和排兵布陣之法，就送給令公子吧！」說完，從房中拿出一個保存完善的小箱交給周侗。周侗趕緊吩咐岳飛謝過長老，並把箱子細心收好。

師徒五人告別長老下山回家後，周侗叫四兄弟準備弓箭兵器，打算把自己的武藝傳授給他們。順理成章地，岳飛自是選擇修練槍法，其他三人中湯懷也學槍，張顯學的是鉤鐮槍。只有王貴，他嫌槍不夠霸氣，想學大刀。周侗看王貴體格魁梧、性格勇猛，倒是學刀的好人選，就將大刀招式傳授給他。

從此以後，四兄弟就開始了雙日學文、單日習武的日子。周侗原本是八十萬禁軍教頭林沖的師父，又曾傳授「玉麒麟」盧俊義功夫，自然十分有本事。而岳飛雖然年少，但是氣力過人，加之天資聰穎、悟性極高，周侗也傾盡平生所學教授這名最後入門的弟子。

一天，村裡官員傳來通知，說是縣裡將為習武之人舉行考試，本月十五就可進城應試。三位員外聽說後，都為自家兒子準備了衣帽弓馬。

周侗讓岳飛也和母親商量，岳飛卻不肯。他紅著臉說：「我衣衫襤褸，家裡根本沒錢買馬，下次再說吧！」周侗聽後，沉默地轉身進屋。沒過多久，他從屋裡走出來，拿了一件半新不舊的白袍，讓岳飛拿去請母親修改，又把王員外送給他的馬借給岳飛。岳飛拿了衣服回家，向母親說了考試的事情。岳母一聽，連夜為兒子趕製戰袍。

十五日清晨，四兄弟穿著戰袍來見周侗。湯懷頭戴素白包巾，身穿銀光閃爍的繡花戰袍；張顯是綠緞包巾，綠緞繡花戰袍；王貴一身大紅戰袍，頭戴大紅包巾，配上他的一張紅臉，渾身上下如炭火一般，發出紅光，連周侗看了也不禁暗自叫好。四兄弟裡，只有岳飛穿著舊戰袍。

當日，周侗和三位員外帶著四兄弟及僕從趕往內黃縣城的校場。一到校場，周侗挑了一個清靜的茶棚，要岳飛陪著他坐下，然後吩咐王貴三人：「等會兒點到你們名字，你們上去應答。縣太爺如果問起你們岳飛哥哥，你們就說他隨後趕到。」王貴不解地問：「為什麼不讓哥哥和我們一起上去啊？」周侗說：「你們哥哥的射箭水準無與倫比，讓他和你們一起考，你們就顯得不夠出色，因此得讓他另外應考。」三人這才恍然大悟。

不一會兒，校場上已經人山人海，各鄉的武童都前來應考，好不熱鬧。知縣李春在一班衙役的保護下步入演武廳，坐定後即宣布：先比射箭，再比弓馬。

一時間，校場上只聽見「嗖嗖」的射箭聲。周侗聽了一陣子，大笑起來。岳飛在一旁疑惑地問：「義父笑什麼呀？」周侗邊笑邊說：「你聽到沒有，只有箭聲，少有鼓聲，這是什麼射箭哪？哈哈！」

比武射箭，若是射中目標，一旁的軍士都會擂鼓報喜。只有箭聲，而鼓聲少有，說明只有少數人能射中目標，這當然讓周老先生發笑了。

臺上的李春看著這些武童武功平常，沒幾個射中目標，不免有些失望。當應試順序輪到麒麟村時，岳飛的名字排在名冊最前面，但叫了三回，都無人應答。李春乾脆把湯懷、張顯、王貴三人都叫了上來。三人一到臺前，李春就覺得他們與眾不同。湯懷踏進弓箭場，一看箭靶那麼近，就說：「請縣太爺吩咐，把箭靶放得再遠一些。」李春吃驚地問：「已經六十步了，還要再遠？」湯懷說：「是，再遠一些。」於是，李春下令移到八十步。張顯又稟報：「請再放遠些。」李春便說：「那移到一百步。」王貴一看大叫：「不行，不行，再遠一些！」李春驚訝地看了看三人，命令軍士把三個箭靶移到一百二十步。

接著，湯懷第一個上場，張顯第二，王貴第三，三人輪番張弓射箭，箭箭射中靶心，沒有一箭脫靶。只聽鼓聲不斷，直到三人射完，鼓聲才停下來。圍觀者齊聲喝彩，掌聲不絕於耳，知縣李春一時也看呆了。

三人射完箭，一同走上演武廳。李春大喜道：「你們三人的射箭功夫是誰教的？」王貴說：「是師父。」李春又問：「那麼，你們的師父叫什麼名字？」湯懷說：「師父是陝西人，叫周侗。」李春大笑：「原來尊師是周老先生！他是我許久未見的好友啊！那他現在人在哪裡？」湯懷忙說：「就在下面的茶棚。」李春連忙差人去請周老先生過來。

沒過多久，周侗帶著岳飛來到演武廳。李春親自迎接，兩人寒暄了幾句，周侗叫來岳飛，讓他向李春行禮，並介紹：「這是我的義子岳飛，賢弟可以考考他的身手。」李春說：「你的徒兒都這樣厲害，義子更不用說了。」周侗正色道：「既然是為國家挑選人才，必然不能徇私。」李春說：「不然我讓人把箭靶移近一些？」岳飛一聽，急著說：「不不！要比剛才三位兄弟更遠一些！」李春驚訝不已，忙問周侗：「令郎能射多遠？」周侗說：「我這個義子臂力驚人，能射二百四十步遠。」李春一聽，大吃一驚，連忙命令軍士把箭靶移到二百四十步。

李春哪裡知道，岳飛天生神力，加上周侗傳授的「神臂弓」，小小年紀已能拉開三百斤的強弓，而且左右手皆可射箭。

只見岳飛不慌不忙地站到箭靶前，張開弓連射九箭，全部命中靶心。擊鼓聲不

斷，全場爆出熱烈喝彩，各鄉的武童都看得瞠目結舌。王貴、湯懷和張顯也不禁拍手叫好。軍士抬著箭靶上前報告：「九支箭都射穿靶心！」

李春一看，喜出望外。他看岳飛雖然衣著樸素，但儀表堂堂，武藝出類拔萃，就對周侗提議，想把女兒嫁給岳飛。周侗自然滿心歡喜，忙叫來岳飛，拜見岳父。

第二天，知縣李春就將女兒的生辰八字寫好，送到周老先生那裡。周侗讓岳飛帶回家告知母親。岳母一看，李家小姐竟然和岳飛同年同月同日同時出生，喜不自禁，認為他們是天作之合。

又過了一天，周侗帶岳飛到李春府上談婚事。三人在飲酒談話間，突然聽到一陣馬匹的嘶鳴聲。岳飛說道：「是匹好馬。」李春問：「你怎麼知道？」岳飛答道：「聲音洪亮、力氣充足，一定是健壯有力的駿馬。」李春嘆道：「這匹馬確是好馬，但桀驁不馴，沒有人能夠制服牠。」岳飛說：「讓我來試試吧！」李春知道岳飛的能耐，便領著他來到馬廄。

李春讓馬夫將馬放出來，岳飛看了看馬，向馬匹靠近。那馬看見有人靠過來，立刻一陣亂踢亂蹬。只見岳飛圍著馬轉了幾圈，突然從側面一把抓住馬的鬃毛，奮力一躍，跨上馬背。那馬察覺有人騎在背上，便一會兒前腿騰空，後腿直立，一會兒前腿著地，後腿往空中飛踢，劇烈甩動身體，想把岳飛摔下來。岳飛緊緊抓住馬的鬃毛，身體緊貼馬背，雙腿夾緊，任憑馬怎麼折騰，就是文風不動。那馬跳躍了半天，卻不見背上的人落地，不禁有些疲倦。岳飛抓住機會，伸出右手，重重地給了那馬幾拳。那馬知道是遇上了厲害人物，再也不敢亂動，溫順地被岳飛牽著走。

大家仔細一看，發現那馬長得高大雄壯，耳小、蹄圓、眼如銅鈴、毛色油亮，雪白的鬃毛裡沒有一根雜毛，果然是難得的好馬。李春見岳飛真的馴服了這匹烈馬，非常高興，不但將馬贈送給岳飛，還拿出一副上好的馬鞍轡頭，給馬配上。

大家重回酒席，一番推杯換盞後，周侗和岳飛起身告辭。李春見周侗沒有馬，便讓人備了一匹馬給周侗。

回去的路上，周侗有意讓岳飛試試駿馬，便讓岳飛策馬飛奔。只見那馬快如閃電，轉眼間就跑得不見蹤影。周侗大喜，不顧自己年歲已大，也在後面騎馬追趕。可他的馬哪裡追得上岳飛的神駒。岳飛返抵村裡許久，周侗才氣喘吁吁地趕到。

哪知道樂極生悲，第二天周侗便因騎馬受了風寒而發起高燒。三位員外請來醫生診治，但歲月不饒人，沒過幾天，周侗自知將不久於人世，便叫來岳飛兄弟四人，交代他們：「你們一定要認真讀書、習武，千萬不能荒廢，將來齊心協力報效國家。」語畢，溘然長逝。

岳飛悲痛不已。大家為周老先生準備

了棺木，送往瀝泉山上安葬。岳飛在義父的墓旁搭了一個草棚，日夜為義父守墓。

★　★　★

很快，第二年的清明節到了，王貴、張顯、湯懷上山給周老先生掃墓。大家都勸岳飛回家，王貴三兄弟見岳飛不肯，就動手把岳飛的草棚拆了。岳飛無奈，只好一起祭奠周老先生後，隨眾人一道下山。

兄弟四人邊走邊敘舊，突然，一群人從林中小徑慌慌張張地跑出。攔住一問，才知這些人都是過路的旅客，想到內黃縣去。他們在前山遠遠看見強盜打劫商人，連忙繞小路跑進山林中，卻迷失了方向。四兄弟為他們指點前去內黃縣的大道，眾人萬分感謝地走了。

等他們走遠，王貴說：「大哥，那強盜不知長什麼樣子，我們去看看吧？」岳飛見大家身上都沒帶兵器，不由得擔心三個兄弟的安全，搖頭說：「強盜有什麼好看的，我們還是趕路要緊。」可王貴是出了名的莽撞，他說：「我們還沒看過強盜呢！只是去看看，沒關係的。」張顯也說：「我們拔兩棵小樹也能當兵器。難道我們兄弟四人還怕一個強盜？」湯懷也補上一句：「就是千軍萬馬我們也要去看看，哪能因為一個強盜就退縮？」

岳飛難免年輕氣盛，抵擋不住三人的煽動慫恿，只得答應。四兄弟從後山轉到前山，遠遠就望見一名黑塔般的壯漢，他頭戴鐵盔，身披鑌鐵鎖子連環甲，跨騎一匹黑馬，手提兩條鑌鐵鐧，面前是被他攔下的一群商人，人數大約有十五、六名，都跪在地上求饒。那黑大漢威嚇道：「把東西都交出來，我就饒你們狗命！」

岳飛看了看情形，回頭對三人說：「兄弟，你們先在這裡等著，我去會會他。」湯懷忙問：「哥哥沒有兵器，怎麼和他打呀？」岳飛一笑：「這傢伙看起來十分魯莽，我可以智取。如果不行，你們再一起過來幫我。」

說完，岳飛走上前去，喊道：「兄弟，小弟在此，讓這些人走吧。」黑大漢見岳飛這麼說，便問：「你是誰？」岳飛說：「我是名大客商，後面有不少馬車和貨物。只要你放了他們，我就送一些給你。」黑大漢聽到可以得到更多好處，便對跪在地上的商人們揮揮手說：「你們走吧！」這些人一聽，趕忙起身飛奔離開。

黑大漢對著岳飛嚷道：「你的貨物呢？快去拿來！」

岳飛笑道：「我是這麼說了，可是我的兩個夥計不肯。」

黑大漢一聽，大聲叫道：「你的兩個夥計在哪兒？」

岳飛揚了揚兩個拳頭，說道：「就在這裡！如果你打得過他們，我就送你一些，打不過你就休想！」

黑大漢勃然大怒：「你有什麼本事？竟敢捋老虎的鬍鬚！我用兵器贏你不算好漢，我也用拳頭跟你打吧！」

黑大漢一面說，一面把雙鐧掛在馬背上，飛身下馬，揚起拳頭就朝岳飛打去。岳飛也不擋，閃過身子，一個箭步竄到黑大漢身後。黑大漢回身朝岳飛心口再出重拳，岳飛又是一閃，抬起左腳，踢在黑大漢的左肋上，把他踢翻在地。

湯懷等人一看，紛紛跳出草叢吆喝：「好武藝！好武藝！」黑大漢翻身起來，大叫一聲：「氣死我也！」抽出腰間小刀便要自殺。

岳飛急忙抱住他，叫道：「這是怎麼了？」黑大漢說道：「我從來沒被人打敗過，今天在這裡獻醜，我也不想活了！」岳飛好言相勸，加上力氣大，黑大漢被岳飛抱著動彈不得，只得嘆氣問道：「請教好漢尊姓大名？」岳飛說：「我叫岳飛，住在前面的麒麟村。」

黑大漢忙問：「你知道麒麟村的周侗師父嗎？」

岳飛有些吃驚，但仍回答道：「他是我義父。」

黑大漢一聽，便說：「怪不得我輸給你，原來你是周侗師父的兒子！剛才多有得罪！」岳飛聽了，也叫來三兄弟，介紹彼此。

原來這黑大漢名叫牛皋（ㄍㄠ），是陝西人，父親是個欽佩周侗的軍人，臨死前讓牛皋投奔他，所以牛皋母子才風塵僕僕地找來。牛皋來到這裡，碰到一夥人在搶劫，便把強盜首領打死，並搶了他的盔甲和鞍馬。

牛皋又說：「想到拜見周侗師父不能空手，我便一時神智不清，想在這裡搶些東西，沒想到遇上你。」岳飛沉痛地說：「你來遲了，義父於去年年底不幸去世了。」牛皋一聽，嘆了口氣說：「那我該怎麼辦？」岳飛安慰道：「我的本領雖然比不上義父，但也懂得一些皮毛。你既然誠心來投奔師父，就到我們那裡住下，我們兄弟每天早晚可以操練武藝，你看如何？」王貴也爽快地說：「牛兄就住我家吧！我們也好互相照應！」

牛皋一聽大喜，忙到山洞裡把母親攙扶出來，他讓母親騎上馬，自己則和四兄弟步行前往麒麟村。

晚上，王員外設宴為牛皋母子接風，牛皋也和四人結為兄弟。從此，牛皋母子就在麒麟村住下，兄弟五人天天一起練武習文。

第三章　槍挑小梁王

過了一段時間，相州節度都院劉光世招攬各地武童進行院考，打算從中挑選優秀的武童上京考試。五兄弟於是告別父母，到相州參加院考。他們白天趕路、晚上休息，一路上說說笑笑，十分快活。

他們僅花幾天時間就來到相州，一起前去報到。劉都院見他們個個身材魁梧，很是喜歡，馬上帶他們到箭廳比試。王貴等四人表現不俗，岳飛更是拔類超群。

劉都院大喜，細問岳飛的身世，岳飛如實稟告。劉都院聽了，心中惜才，不願讓岳飛母子繼續寄人籬下，於是命令湯陰縣知縣徐仁查找岳家故居，並由都院發放銀兩修建房舍，讓岳飛返鄉後再上京考試，岳飛對此感謝不已。

院考結束後，五兄弟回到內黃縣家中，把考試的情況和岳飛將要回到湯陰老家的事情告訴大家，所有人都為岳飛感到高興。但兄弟幾人實在不忍分離，大家商量過後，決定和岳飛一起前往湯陰。

第二天，岳飛將此事告訴岳父李春，李春撫掌大悅：「既然這樣，你盡快與我

的女兒成婚吧！讓她跟著你回湯陰，也算了卻我心中的一件大事。」

岳飛回到村中，把結婚之事稟告母親和員外們。眾人聽到，紛紛急著籌備婚事，麒麟村內外張燈結綵，好不熱鬧。新婚三天後，岳飛等人便啟程前往湯陰縣。岳母抱子漂泊，近二十載後重新回到家鄉，真是百感交集。岳飛先安頓好母親與妻子，再和兄弟們一同前去拜謝湯陰知縣徐仁。徐知縣又帶著五兄弟，一起拜訪相州節度都院。

劉都院當即寫了一封信交給岳飛，說道：「前幾天，我已經寫信給京城留守宗澤，請他在你們上京考試期間多多照應。現在你們就要上京，我再寫一封信讓你帶去，當面交給宗留守，他看了就明白。」然後又拿出五十兩白銀交給岳飛，作為盤纏。岳飛再三道謝，帶著書信和銀兩，和四位兄弟告辭回家。

過了幾天，五兄弟收拾好行李，各騎一匹駿馬，上京趕考。走了大約十多天，已能遙見京城。岳飛說：「兄弟們，我們進城以後行事要謹慎。汴京不比麒麟村，可不能任性妄為。」牛皋問道：「難道京城裡的人都是吃人的嗎？」岳飛說：「京城來往的多是有權有勢之人，如果我們惹事，有誰能救我們呢？」湯懷一聽，連聲說：「對對對，我們遇到事情，讓著別人一些就是了！」

到了京城，大家住進客棧，向店主打聽宗澤留守的官府所在。店主說：「這位宗老爺是護國大元帥，留守汴京，上馬管軍，下馬管民。你要送信，那就等他上朝回來吧！」

經店主指點，岳飛拿著劉都院的書信，和兄弟們前往宗澤的官府。剛到門口，碰巧遇到宗留守正在審理案件，一班衙役吆喝起來，十分威武。岳飛吩咐四兄弟：「我先進去。不管我發生什麼事，你們千萬不能魯莽行事，在門外安靜待著，不要惹出亂子來。」湯懷說：「我們自己憑本事也能考上，何必靠劉都院的信？這樣哪怕考上了，別人只會說我們是靠劉都院幫的忙！」岳飛自有他的想法：「身正不怕影子斜。我們剛來汴京，人生地不熟的。進去送信，認識一下宗老爺也是好的。」

岳飛拿著書信，由軍士領著來到大堂。他將書信呈上，宗澤打開一看，卻拍案喝道：「岳飛！你出了多少銀兩買了這封信，快老實交代！如有虛假，夾棍伺候！」兩邊衙役齊聲吆喝，大堂上好似響過一陣驚雷。

聲音驚動了門外等候的四兄弟，牛皋說道：「大事不好！要不我進去救大哥出來吧？」湯懷沉住氣，說道：「大哥再三吩咐，讓我們等一等，我們還是先看看情況，再做打算。」

岳飛見宗澤發怒，仍不慌不忙地說：「我一貧如洗，連上京的盤纏都是劉大人資助的，哪有銀子可以買書信？」宗澤說：「看來你有真才實學？」岳飛答道：「宗老爺可以讓我一試。」

「好！隨我來！」宗澤說完，便領岳飛來到弓箭場。宗澤坐下，讓岳飛自己取一張弓。岳飛走到弓架邊，試了試，搖頭說：「這些弓太軟，射不遠。」宗澤問：「那你平時用多少力的弓？」岳飛說：「我能開二百餘斤的弓，能射二百餘步。」宗澤讓手下取來三百斤的神臂弓，岳飛一拉，叫聲：「好！」接著又讓軍士把箭靶放到二百步外，連發九箭，箭箭射中紅心。

宗澤大喜，又命人抬來自己的鋼槍，叫岳飛使槍。岳飛提槍在手，一套槍法如疾風暴雨，一氣呵成。宗澤看了，連聲叫好。宗澤又問岳飛行軍布陣之法，岳飛對答如流。宗澤聽了，大為讚嘆：「實乃國之棟樑，劉都院慧眼識人哪！」

原來，此前宗澤假裝發怒，是因為劉光世兩次寫信舉薦岳飛，他怕劉光世是因為收了賄賂來說情，此時才相信岳飛的確文武雙全。

宗澤一心要為國家選拔人才，見到岳飛這樣的人才當然是滿心歡喜。但他又皺著眉頭對岳飛說：「你今年來得不巧。」岳飛問：「宗老爺為什麼這麼說啊？」宗澤嘆道：「今年來了個小梁王，是前朝世宗嫡系子孫，名叫柴桂。他本在雲南，最近剛到汴京，不知為何突然想要奪武狀元。有四位考官：丞相張邦昌、兵部大堂王鐸、後軍都督張俊和我。其他三位都收了賄賂，只有我沒收。他們三個都想保小梁王做武狀元，所以說不巧啊！不過你先不要急，我定當極力推薦有真才實學的人，到時候我會想辦法。」

岳飛謝過宗澤，走出府門，幾位兄弟圍上前，七嘴八舌地問起來。岳飛說了事情的經過，但他擔心兄弟們脾氣火爆，莽撞生事，因此沒有提起小梁王。

隔天，五兄弟在客棧內喝酒。岳飛因為心裡想著小梁王的事，悶頭喝了一些酒，便靠著桌子沉沉睡去。張顯、湯懷不勝酒力，沒多久也倒頭睡去。王貴續又與牛皋對飲幾杯後也醉倒了。

牛皋一看喝酒沒了對手，也不想再喝。他想：「兄弟們怕我惹事，平時都不許我單獨外出，今天我就趁機溜出去逛逛！」牛皋走下樓，剛到門口，正遇上兩位大漢有說有笑地走過。這兩位大漢一個白臉、身著白袍，另一個則是淡紅臉龐，披著紅色外袍。兩人正商量著要去大相國寺玩玩。牛皋一聽，也來了興致，索性跟著他們到大相國寺。

大相國寺門前有幾個說書鋪子，兩人走近其中一個，牛皋也跟著過去。裡面一個人正在說書，說的是「八虎闖幽州」——楊業父子救北宋皇帝的故事。聽了一會兒，白袍漢子摸出兩錠銀子遞給說書人，然後和紅袍漢子走了出來。紅袍漢子問白袍漢子為什麼給說書人那麼多銀兩，白袍漢子說：「你沒聽到他在說我祖宗楊老令公帶領八子，百萬軍中如入無人之境的故事嗎？多麼豪氣！兩錠銀子還算少了！」牛皋暗想：「要是說到我祖宗，我該拿什麼給他呀？」

正想著，兩人又進了另一家說書鋪子。那裡正在說《興唐傳》，講的是好漢羅成的故事。紅袍漢子一聽，摸出四錠銀子遞給說書人。白袍漢子問：「你為什麼要給四錠銀子？」紅袍漢子說：「你沒聽到他在說我的祖宗本領多麼高強，一

個人鎖住五條龍呢！」

原來這二人一個是楊老令公的子孫，叫楊再興，一個是羅成的後代，叫羅延慶。只聽那羅延慶接著說：「我祖宗一個人鎖住五條龍，大哥祖宗九個人保一個皇帝都沒保住，算起來應該我祖宗更厲害一些，我當然給四錠。」楊再興怎肯服輸，兩人吵吵嚷嚷。最後楊再興說：「我們回頭披掛妥當，到小校場比試武藝，勝的留在這裡搶狀元，輸的回家下次再來！」羅延慶脖子一扭，說：「好！一言為定！」

牛臯一聽，急了：「幸虧我聽到這個消息，不然大哥的武狀元就被這兩人搶走了！」他急忙趕回客店，上樓一看，眾人都還沒醒。牛臯心想：「不用叫醒他們，我一個人就能幫大哥把武狀元搶回來！」於是，他悄悄摸出雙鐧，下樓向店主問了去小校場的路，匆匆上馬趕了過去。

牛臯一到小校場，就看到紅、白二人舞槍，打得不可開交。牛臯大叫一聲：「武狀元是我大哥的，你們爭也沒用，看鐧！」說著，使鐧就朝楊再興砸去。楊再興舉槍擋過，覺得牛臯有些斤兩，便給羅延慶遞個眼色，二人不再打鬥，齊力朝牛臯殺來。只見二人一個攻下盤，一個攻上盤，牛臯雙鐧僅剩招架之力。

二人是將門之後，功夫自然了得，牛臯以一敵二，漸漸左支右絀。京城之內，二人倒也不傷牛皋，只是壓制住他，權當取樂。牛皋戰得筋疲力盡，心中氣餒，不由大叫：「大哥快來，武狀元要被搶走啦！」

只聽一聲大喝：「莫傷我兄弟，我來啦！」就見一人率幾名大漢快馬殺到。原來岳飛醒來不見牛皋，聽店主說他去了小校場，擔心他出事，趕緊率兄弟們趕來。

羅、楊二人一看，丟開牛皋，兩把槍一起朝岳飛刺去。岳飛用槍一壓，二人只覺得雙手發沉，槍頭一下刺到地上。二人大驚，看了看岳飛，說道：「這次武狀元一定是他的了，我們走吧！」語畢，上馬掉頭就走。岳飛忙說：「二位且慢！請問尊姓大名？」二人回身說道：「我們是山後楊再興，湖廣羅延慶，今年武狀元讓給你，後會有期！」然後拍馬而去。

岳飛回頭問牛皋怎麼和兩人打起來，牛皋紅著臉說：「我想搶個武狀元給大哥，沒想到這二人很厲害，幸虧哥哥來了，武狀元現在肯定是哥哥的了。」

岳飛笑道：「多謝兄弟美意。武狀元是從天下英雄中比試出來的，哪有兩三個人私下爭奪的呀？」牛皋一聽，忿忿道：「這樣說來，我豈不是白跟他們打了半天架？」四兄弟縱聲大笑。

第二天，五兄弟吃過早飯，帶了銀子去買劍，未料，大街上的鍛鐵鋪盡是販售些尋常貨色。結果，岳飛在一條小胡同的古董鋪裡，意外發現一口寶劍。店主說他祖上遺訓，要把寶劍送給識貨之人。這把寶劍名叫「湛盧」，是春秋時期楚國名匠歐冶子鍛造的，唐朝時歸了薛仁貴，後來流傳到店主手裡。岳飛本不敢收下如此寶物，可店主依然堅奉祖命。岳飛再三推辭不掉，只好收下，拜謝贈劍之恩。

十五那天，是天下英雄進場比武的日子。五兄弟四更就起床準備，一起前往校場。天亮時分，校場人山人海，四位主考官到了，小梁王也到了。

小梁王這次買通考官要奪武狀元，原是為了和本科三百六十名武進士結交，拉攏人心，以便將來奪取大宋江山。張邦昌、張俊及王鐸都收受小梁王賄賂，一心要幫小梁王得到武狀元。三人知道宗澤看中岳飛武藝，但他們認為岳飛是個胸無點墨的鄉野匹夫，便第一個把他叫上臺，先讓他和小梁王比文章，想藉口把岳飛趕走。沒想到岳飛妙筆生花、一揮而就，寫得比小梁王還要好，只得作罷。

接下來輪到二人比試箭法。小梁王見箭靶很遠，故意讓岳飛先射。張邦昌想為難岳飛，便讓人把箭靶抬到二百四十步外。宗澤心中暗喜，二百四十步對別人也許困難，對岳飛卻是輕而易舉的事。只見岳飛不慌不忙地當著天下英雄的面，張弓搭箭，連射九箭，箭箭射中紅心，結果鼓聲咚咚，贏得眾人一片喝彩。

小梁王一看，心想：「射箭肯定比不過岳飛，不如直接和他比武，一刀砍死他，就沒人跟我爭了。」於是對張邦昌說：「岳飛雖然都中了，但如果我也全中，還是分不出高低，不如直接比武。」張邦昌一聽，馬上說道：「既然這樣，那就比武分勝負吧！」一旁天下英雄看得真切，不由大聲起鬨。

小梁王整鞍上馬，手提金柄大砍刀，拍馬來到校場中間站定，對岳飛叫道：「岳飛快來，看本王金刀！」岳飛卻說：「今天如果真比，請各位大人做主，讓小梁王和我立下生死狀，不論誰傷了性命，都不要償命，這樣我才敢真打。」宗澤點頭道：「此話有理。小梁王，你願不願意和岳飛立下生死狀啊？」小梁王還在猶豫，張邦昌以為岳飛肯定不是小梁王的對手，急忙說：「岳飛敢口出狂言，小梁王你就索性殺了他，也好讓眾人心服。」小梁王要面子，只好寫下生死狀，畫上押，送給四位主考官蓋印證明。

小梁王雖和岳飛立下生死狀，心裡卻慌張得很，便召集家將商量。眾家將說：「這岳飛有幾顆腦袋也不敢傷及千歲。他要是逞強，我們就一擁而上，把他亂刀砍死！」小梁王聽完放心不少，於是重新上陣，回到校場中央，而岳飛也來到他面前。見岳飛鎮定自若，小梁王還覺得不萬全，輕聲道：「岳飛，本王有一句話與你說，你若自願敗下陣去，成就本王大事，重重有賞。若敢不從，你性命難保！」

岳飛卻說：「千歲吩咐本該從命，但今日比武是天下英雄齊聚一堂，哪一個不是十年砥礪，只為求光宗報國的機會？願千歲勝了我，那天下英雄也心悅誠服，若以威勢相逼，哪個人肯服氣？」

小梁王大怒，提起大砍刀朝岳飛劈下，岳飛舉起瀝泉槍一擋，架開大刀，震得小梁王兩臂痠麻。小梁王提刀又攔腰砍來，岳飛靈巧躲過。小梁王見岳飛不還手，以為他不敢，就放開膽子連連朝岳飛頸脖砍去。岳飛被小梁王砍得火起，怒道：「柴桂！我讓你幾刀，是保全你的臉面，別不知好歹！」

小梁王一聽，暴跳如雷：「岳飛斗膽，竟敢冒犯本王名諱！」提刀又砍。岳飛從容不迫，一槍挑開大砍刀，接著直刺小梁王心窩。小梁王見岳飛來勢洶洶，身子一偏，正中勒甲帶。岳飛順勢將小梁王頭下腳上地挑下馬，又一槍結束了他的性命。

岳飛神色不變，下馬等候命令。巡場官讓軍士看住岳飛，自己飛奔到演武廳報告：「大事不好！小梁王被岳飛刺死於馬下，請大人定奪！」張邦昌等人大驚失色，喝道：「快把岳飛綁起來！」兩邊刀斧手飛奔而去，把岳飛綁了，推到演武廳前。小梁王手下家將也紛執兵器，準備上前替主人報仇。
張邦昌傳令：「將岳飛斬首！」
宗澤說道：「住手！岳飛和小梁王立下生死狀，這是天下英雄都看到的，你我也有印信作證。要是殺了岳飛，只怕難以服眾，若民眾造反，你我都有性命之憂！」
牛皋看岳飛被綁，早就要衝上前，這時便大聲叫道：「岳飛武藝高強，槍挑小梁王，不能做武狀元，反而要斬首，考試不公，我們不服！不如殺了這些狗官，再去找皇上評理！」
校場邊眾考生也是一干血氣方剛的武人，早就感到不滿，被牛皋一喊，都跟著叫囂：「考試不公，我們反了吧！」頃刻間，聲勢如天崩地裂般響徹校場。
宗澤見狀，順水推舟地說：「丞相，你聽見了嗎？如果你現在一定要殺岳飛，我也管不了，隨便你吧！」
張邦昌、王鐸、張俊三人早已嚇得手足無措，便一齊扯住宗澤的衣服說：「我們四人如今同在一條船上，還望老元帥為我們調停。」宗澤一邊讓軍士傳令，叫眾考生稍安勿躁，一邊吩咐刀斧手，把岳飛放了。岳飛心想：「現在不走，更待何時？」於是丟開綁繩，速回校場取了兵器，跳上馬，招呼四名兄弟，往外飛奔。眾考生眼看這次考試考不成了，也都一哄而散。

張邦昌因為小梁王之事對宗澤恨之入骨，就讓小梁王家將抬著屍首，到午門上奏：「這次武狀元考試，因為宗澤門生岳飛挑死小梁王，造成各地考生紛紛離開。」把責任都推到宗澤身上。幸虧宗澤是兩朝元老，皇上雖然不悅，但也不好定罪，只得判宗澤削職閒居。

宗澤回到衙中，吩咐家將和他一起去追岳飛，終於在天色漸晚時追上，五兄弟連忙下馬跪拜。岳飛問道：「我們多虧恩師搭救，卻因逃命心急，所以沒有辭行。不知恩師趕來有何吩咐？」宗澤說了削職之事，又送給岳飛一副盔甲和一件戰袍，語重心長地說：「眼下你們雖然暫時拿不到功名，但不能就這樣灰心，日後必有騰達之時。奸臣總有敗露的一天，到時候我一定奏請聖上，重用你們。如今暫時不能盡忠，你們就回家侍奉父母，好好盡孝，但文章武藝還是要天天練習，絕不能荒廢生疏了。」五兄弟聽了，連連點頭答應。

隔天，五兄弟向宗澤告辭，匆匆上路。路上又遇到用戟的施全、耍刀的趙雲、使槍的周青、拿叉的梁興和舞狼牙棒的吉青五人，十人一同結為兄弟。這五人也跟隨岳飛回到湯陰，眾人日日練武習文，講論兵法。

第四章　靖康之恥

當時大宋北方有一個女真國，首領叫完顏阿骨打，國號大金。他一共有五個兒子，個個勇猛非凡。女真國掌管六國三川大片土地，對中原垂涎已久，一心想奪取宋朝江山。

一天，完顏阿骨打在大帳裡和將領議事，軍師哈迷蚩（ㄔ）進帳奏報：「臣到中原探聽消息，宋朝的老皇帝徽宗如今讓位給小皇帝欽宗。但這個小皇帝不理朝政，任用奸臣、貶黜忠良，使得朝野一片混亂。眼下正是我們大金奪取中原的最佳時機！」阿骨打大喜，馬上挑選了黃道吉日，打算在那天挑選掃南大元帥。

到了那日，阿骨打抵達校場。只見校場上有一座鐵龍，這是先王傳下來的鎮國之寶，重達一千多斤。阿骨打為了挑選猛將，發出告示，表示不論出身，只要能舉得起這座鐵龍，就能受封為昌平王、掃南大元帥，領兵攻打大宋。可是這座鐵龍實在太重，有好幾個人上來試，都沒能搬動。這時，四太子兀朮（ㄨ、ㄓㄨˊ）大喝一聲，自告奮勇地說：「我來！」這兀朮臉如火炭、髮似烏雲，生的是虎背熊腰、

闊口圓眼。只見他手臂一用力，就把鐵龍給舉了起來。阿骨打大喜過望，旁觀的文武官員、軍士百姓齊聲喝采。

完顏阿骨打立刻將他封為昌平王、掃南大元帥。同時封哈迷蚩為軍師，讓他和兀朮率領五十萬大軍，進兵中原。這五十萬金兵人如惡虎、馬似游龍，旌旗蔽空、戰鼓喧天，一路朝大宋而來。

隊伍行進一個多月，才終於抵達大宋邊界。第一關是潞安州，鎮守潞安州的節度使姓陸名登，他和夫人謝氏育有一子，年方三歲。陸登綽號小諸葛，手下有五千人馬，乃是宋朝名將。這天，陸登正坐在府裡辦公，忽有探子來報，說是金國主帥完顏兀朮，率領五十萬大軍來犯潞安州，如今距此地僅百里之遙。

陸登大吃一驚，急忙寫一封告急奏章，差人快馬送往京城，又寫了兩道告急文書，一道送給兩狼關總兵韓世忠，另一道則送給河間府太守張叔夜，求這二人發兵救援。安排妥當後，陸登親率三軍，上城把守，晝夜巡查。

兀朮率領大軍在潞安州百里遠處紮下營寨。只見潞安州城頭旌旗遍布，戒備森嚴，兀朮問哈迷蚩：「這潞安州是誰在把守？」哈迷蚩回答：「守將名叫陸登，綽號小諸葛，十分擅長用兵。」兀朮又問：「那這陸登是忠臣還是奸臣？」哈迷蚩答：

「陸登是宋朝第一忠臣。」兀朮說：「既然如此，我去會會他。」當即點了五千人馬，殺到城下。

只聽城頭一聲炮響，陸登單槍匹馬，殺出城來。兀朮道：「陸將軍！這次我領兵五十萬，是要取這宋朝天下。久聞將軍是一位英雄，特來相勸，宋朝皇帝昏庸無能、去賢用奸，若你願意歸降，我可以封你為王，不知將軍意下如何？」陸登大怒，罵道：「你這賊子，犯我大宋邊疆，休在這裡胡言亂語，吃我一槍！」挺槍便向兀朮刺去。

兀朮舉起金雀斧，擋開他的槍，回身抬斧就砍。兩人戰了五、六回合，陸登已覺招架不住，大喊：「城上放砲！」，霎時間砲聲隆隆，兀朮只得退回陣營，陸登亦調轉馬頭。城內士兵放下吊橋，接應陸登進城。

進了城，陸登對眾將士說：「這兀朮果然厲害，你們要加倍警惕，小心堅守，不可大意！」第二天，兀朮又到城下叫陣，可是城上卻高掛免戰牌，不論兀朮怎麼叫罵，陸登就是不出戰。兀朮叫陣半個多月，眼看陸登總不出戰，自己糧草倒是消耗不少，不免心急，遂命人造起雲梯，準備大舉攻城。

兀朮命奇溫鐵木真領五千精兵為先鋒，自己率大軍壓陣。金兵架起雲梯，一字擺開，小兵們紛紛攀爬而上。眼看就快要爬到城頭時，城頭宋軍突然射出一道道墨色水柱，雲梯上的金兵紛紛翻落下來，雲梯也被城頭宋軍扯上收去。

兀朮大驚失色，問道：「為什麼還沒看見雙方廝打，我方士兵全都臉色發黑、跌落下來呢？宋軍使的是什麼妖術？」

哈迷蚩命人送來小兵屍體，細查後回稟將軍：「這陸登用毒藥熬成臘汁，再用竹管射出，只要沾上就必死無疑。」兀朮一聽，不敢再攻，暫且回營。

兀朮和哈迷蚩商量：「白天攻城，宋軍可以射出臘汁，我軍在雲梯上難以躲避。待夜晚上城，諒他們也看不見。」於是，兀朮命金兵摸黑來到城下，架起雲梯偷偷往上爬。

兀朮看見金兵順利爬上城頭，心中得意，對哈迷蚩說：「看來這次可以拿下潞安州了！」話還沒說完，突然城頭一陣炮響，火炬燃起，將夜空照得如白晝一般，爬上城牆的金兵被宋軍一個個扔下來。兀朮一看，大叫不妙，問哈迷蚩怎麼回事，哈迷蚩也不明就裡。原來，城上用竹竿撐起絲網，網上掛著無數鋒利的倒鉤，懸空張著。那些爬上城頭的金兵在黑暗中看不清楚，全都掉進網裡，被宋軍一網打盡。

兀朮見此光景，悔恨不已。回營後，想起四十餘日攻城毫無進展，反而白白死傷不少軍士，心中十分苦悶。

哈迷蚩看兀朮連日心煩，便邀他出營打獵散心。兀朮與哈迷蚩率一隊人馬，帶上獵犬、獵鷹，就往亂山茂林深處去。兀朮遠遠看見有個人正往樹叢裡躲，便命手下將此人捉住，此人自稱是附近百姓，卻也鎮定自若。兀朮看不出破綻，正要將他放走，哈迷蚩趕忙叫住，說道：「尋常百姓怎能如此大膽？見了將軍竟面無懼色、對答如流？」哈迷蚩心細，命人搜身，結果在他的身上搜出一顆蠟丸。

原來此人名叫趙得勝，是韓世忠派來給陸登傳遞情報的。哈迷蚩一看，計上心頭。這哈迷蚩曾在大宋做過一段時間的間諜，官話說得不錯。第二天，哈迷蚩換上趙得勝的衣服，假造了一顆蠟丸，來到城下大聲叫門。

陸登那天正在巡查，忽然聽見城外叫喊聲，說是有機密上呈。陸登讓軍士從城頭放下籮筐，把來人吊上城頭盤問。來人自稱趙得勝，奉了兩狼關總兵韓世忠的命令，送密信到此。

來人從身上摸出一顆蠟丸，陸登捏碎一看，密信裡說韓世忠將率援軍趕來，明晚讓陸登率守軍殺出，內外夾攻金兵。陸登一看，心中生疑：「我如果率守軍殺出，兀朮分兵前來攻城，如何抵擋？」

正在疑惑，陸登突然聞到一股羊騷味，就問身邊軍士：「今天誰吃了羊肉？」軍士都說沒有。陸登把信放在鼻子邊一聞，喝道：「快將來人綁了！」接著哈哈大笑說：「如果不是這股羊臊味，我都要上當了！快從實招來，你到底是金國什麼人？誰派你來的？」哈迷蚩被陸登識破，心想此人果真名不虛傳，笑道：「明知山有虎，故作採樵人。因你這座城池固守難攻，故用此計。我乃大金國軍師哈迷蚩。」

陸登說：「我聽聞過你的名號，每每私進中原，打探消息，確實老練滑溜。若是殺了你，恐天下人要嘲笑我是懼怕你的計謀才殺你；不殺你吧，又怕你下次故技重施，如何讓人認得你？」於是命軍士割下哈迷蚩的鼻子，才把他放回去。

哈迷蚩逃回大營，滿臉是血。兀朮見哈迷蚩鼻子被割，十分憤怒，好言安慰哈迷蚩一番，讓他回帳養傷。

★　★　★

兀朮見攻城難有進展，便想從水路偷襲。哪知水路上罩了鐵網，網上都是銅鈴，稍一觸碰，便會鈴聲大作，進去的金兵都被岸上的撓鉤抓住，送了性命。

兀朮接連失敗，不禁惱怒，索性親自上陣去破水關。他藉著力大無窮，加上一把鋒利無比的大斧，劈開鐵網，衝了上去，率眾砍倒宋軍後直奔城門，砍斷門栓，開了城門，放下吊橋，吹響號角，城外金兵一窩蜂湧入潞安州城內。

陸登正在府內辦公，忽然聽到軍士來報：「金兵進城了！」陸登對妻子長嘆一聲，說：「城池已破，我怎能獨活？理當為國盡忠！」夫人說：「相公盡忠，我自當跟隨！」便把兒子交給奶娘，說：「我和老爺只有這點骨血，務必撫養他成人，接續香火，那你就是陸家的大恩人了！」吩咐畢，走進後堂，自刎而亡。陸登亦拔劍自刎，但兩眼圓睜，屍首屹立不倒。

兀朮騎馬闖進，認出是陸登，不由吃了一驚，心想：「哪有人死了不倒之理？」提劍走入後堂，卻見一名婦人屍首橫倒在地。兀朮尋思：「陸將軍定是還有心願未了，是以死後也無法安心離去。」便許諾不殺戮城裡百姓，不傷害他的遺體，並將他們夫婦合葬，最後拜了兩拜。但是陸登仍昂然挺立，兀朮正納悶時，一個金兵抓來一名婦人，手中抱著一個小孩。兀朮問婦人：「你是陸家的什麼人？這孩子是你的嗎？」奶娘哭道：「這是陸老爺的公子，我是孩子的奶娘。可憐老爺、夫人為國盡忠，只剩下這個孩子了，求大王饒命！」兀朮聽了，頓時明瞭，便又承諾：「陸將軍，我不會絕你後代，還會把你的公子收為義子，讓這個奶娘撫養。等他長大成人，再讓他姓陸，續你香火，如何？」話音剛落，只見陸登身子一軟，咕咚倒下。兀朮於是讓人收拾陸登夫婦的遺體，合葬在城外小山上。又派大將哈利祿鎮守潞安州，自己率領大軍前去攻打兩狼關。

兩狼關總兵韓世忠正在軍中，忽聞探子來報，說兀朮攻陷潞安州，正領兵來犯，距離邊關只餘百里。韓世忠一面傳令各營將士守住關隘，遍設伏兵火炮，一面寫急報入朝告急。此時又有探子來報，說汴梁節度使孫浩領兵五萬，繞城而過，殺進番營裡去了。韓世忠一聽，心中躊躇。

原來孫浩不但是奸賊，還是張邦昌的心腹。韓世忠和夫人梁紅玉商量，雖覺孫浩五萬人馬對上兀朮五十萬精兵，本是羊入虎口、自取滅亡，發兵救援還恐顧此失彼；但如果坐視不管，到時張邦昌藉故生事，於朝廷搬弄是非，反倒麻煩。於是詢問眾將：「誰敢領兵去救孫浩？」

結果大公子韓尚德自告奮勇，領了一千人馬去尋孫浩，衝進敵營中，以一當百，手起刀落，只盼搶得孫浩盡速回城。但誰知孫浩早已全軍覆沒，而營中人馬眾多，韓尚德不能殺出，被金兵團團包圍。

韓世忠見金兵圍住兒子，心中著急，單槍匹馬殺入重圍相救，雖無人能擋，但前仆後繼湧來敵軍，也難以前進。兀朮見到，命金兵不傷韓世忠性命，僅將其困住，自己調動大軍，去攻兩狼關。這韓家父子雖是英雄，但是敵眾我寡，哪裡殺得出去，只能眼睜睜看著兀朮去搶關。

守關的是韓世忠夫人梁紅玉。她見丈夫和兒子被圍，心裡焦急，但又怕自亂軍心，就悄悄叫來奶公和奶娘，吩咐他們抱著小公子騎馬出關。然後，梁紅玉帶領家將來到關前，命將士把大炮架好，自己在陣前等著兀朮。

兀朮率軍浩浩蕩蕩地來到關下，只見梁紅玉橫刀立馬站在關前，心中不禁讚道：「人人都說梁元帥的夫人是女中豪傑，果然名不虛傳！」梁夫人一看兀朮上前，立刻拍馬殺來。兩人戰了五、六回合，兀朮力大斧沉，漸占上風。梁紅玉一看情形不妙，回馬就走，她跑到關前，大叫：「開炮！」宋軍正要點炮，突然電閃雷鳴，一道閃電直擊大炮，反把兩狼關炸開一個大洞。兀朮大喜，拍馬衝了進去，隨後金兵也魚貫而入。梁紅玉一看兩狼關失守，立刻策馬飛奔，往關後而去。

梁夫人跑進一片森林，忽然聽見有人叫道：「夫人快來，公子在這裡！」原來，奶公和奶娘正帶著小公子躲在林裡。

等韓世忠父子奮力殺出重圍，關上已插滿金兵旗幟，他們只能往關後去。走進密林，梁夫人遠遠地就看到他們，連忙大叫：「相公，孩兒！」韓世忠父子和夫人及幼子會合，一起朝汴京趕去。

到了黃河地界，欽差奉旨召見韓世忠父子，並宣讀詔書：「韓世忠失守兩狼關，本應問罪，姑念有功，免於一死，削職為民。」韓世忠夫婦謝過恩，交還兩顆印信，便返回陝西老家。

★　★　★

河間府太守張叔夜聽說兩狼關失守，兀朮率領大軍來犯，便驚慌地和眾將士商量：「陸登足智多謀，依舊不能保全性命；韓世忠夫婦何等驍勇，尚且失守。我們毫無勝算，不如暫且詐降，以保河間百姓免受金兵殺戮。等金兵渡過黃河，各路兵馬匯合，我們再截斷他的後路，擒獲兀朮。」

第二天，張叔夜命城頭插上白旗，率手下將士出門跪迎，只求不傷河間百姓。兀朮一看大喜，封張叔夜為魯王，仍守河間府，令大軍繞過河間，直奔黃河而去。

消息傳到汴京，欽宗大驚，急命李綱為平北大元帥，宗澤為先鋒，領兵五萬，來到黃河口紮營駐守，阻止金兵渡河。

兀朮率大軍來到黃河邊，見對岸有重兵把守，便命手下大將尋找工匠，備妥木料，打造船隻，準備渡河。

結果李綱的手下張保一把火燒了船隻。無奈天不助大宋，八月初三一場大風雪來襲，颳了幾天幾夜，讓黃河連河底都結凍了。兀朮一看大喜，忙命金兵踏冰過河。宋軍將士哪能料到會突然天寒地凍，身上穿的都是單薄的衣褲，個個冷得瑟瑟發抖，哪有餘力對陣，只能拚命逃跑。張保見大事不好，背起李綱就往回跑。宗澤雖還想抵抗，但見將士潰散，只得與李綱一同退回汴京，結果遭削職為民。

兀朮過了黃河，迅速將汴京圍了個水泄不通。

金兵圍住汴京，欽宗忙召集文武大臣商量：「如今兵臨城下，諸卿有何辦法？」張邦昌說：「前幾天，臣已緊急調動各路兵馬，前來抵禦兀朮。沒想到他先過了黃河，兵臨京城。臣想，金兵犯境只為掠奪財物，皇上不妨備一份厚禮，暫向金兵求和，讓兀朮率軍退過黃河，再暗暗召集兵馬到來，和他決戰，定能收復河山！議和一事，臣雖不才，願走一遭。」欽宗眼看情勢危急，立即傳旨備禮。

張邦昌搜刮了京城和宮內的黃金、白銀、美女、綢緞、豬羊牛酒，送往金營。兀朮聽說大宋有人前來送禮，就問哈迷蚩：「這個張邦昌是忠臣還是奸臣？」哈迷蚩說：「是個大奸臣。」兀朮說：「既然是大奸臣，就吩咐手下處理了。」哈迷蚩說：「不妥！先把他留下。現階段，這樣的奸人最能為我大金所用，我們不但不能殺他，還要給他個官位。等我們得了天下，再殺他也不遲。」兀朮一聽，覺得也有道理，就讓手下帶他進來。

張邦昌一進大帳就跪下。兀朮輕蔑地說：「張老頭兒，我封你為楚王，以後你就替我辦事吧！」張邦昌忙不迭地磕頭謝恩。兀朮又說：「既然為我辦事，那你有什麼好計策，助我奪得中原？」張邦昌一聽，馬上答道：「四王子要宋朝江山，必先絕了皇帝的後代子孫，方能到手。不妨藉口以皇子為人質，才准講和。」兀朮心中暗怒：「果然是個奸臣，真是歹毒！」卻道：「此計甚妙！此事便交辦與你。」

張邦昌回來，把兀朮的要求說了。欽宗沒有辦法，只好與老皇帝徽宗商量，把徽宗的小皇子趙完送去。當時的新科狀元秦檜自告奮勇，也一同前去。這個趙完嬌生慣養，從沒見過凶神惡煞的金兵，一到金營，就被嚇死了。秦檜也被兀朮拘押。

張邦昌又為兀朮出了一計，讓大宋九皇子康王趙構成為人質。康王來到金營，兀朮見他一表人才，十分喜歡，要認康王為子。康王心中不肯，但為了活命，只得跪拜兀朮，稱他為父王。

張邦昌一心想做楚王，最後索性出賣徽、欽二宗。二帝被金兵俘獲後，由哈迷蚩帶了幾百金兵，將他們押回金國。

兀朮率兵佔領汴京，令張邦昌守城，自己押了多名宋朝官員，班師回國。

徽宗、欽宗二帝坐著囚車，吏部侍郎李若水在旁跟著，一行人來到河間府。忽見前面一將伏地接駕，原來是張叔夜。君臣相見，放聲大哭。李若水罵道：「張叔夜，你降了金國，還哭什麼？」張叔夜說：「我假意降金，一是想保全百姓，二是盼聖上調集兵馬攻打金兵，我好在這裡截斷他們後路。可如今二聖蒙羞，我悔不當初，不敢苟活！」說完，拔劍自刎。

哈迷蚩命人葬了張叔夜，押著二帝繼續北上，沒幾天就到了黃龍府。哈迷蚩帶徽、欽二帝上殿，見了完顏阿骨打，二帝立而不跪。阿骨打見此情形，吩咐左右把地面燒熱，然後給二帝換上狗皮帽子，穿上青衣，背後掛上狗尾巴，腰間繫上銅鈴，用柳枝綁著手，脫去靴襪，讓二帝在熱地上站著。二帝燙著腳底，疼痛難熬，不由得原地亂跳，身上銅鈴叮噹作響。阿骨打故意在一旁設宴，一邊看二帝燙得齜牙咧嘴，又蹦又跳，一邊飲酒作樂。

李若水見二帝狼狽不堪，心中大怒，衝上去把二帝抱了下來。哈迷蚩因兀朮看重李若水，剛要為他開脫，不料，李若水上前直指阿骨打罵道：「你這番邦野人如此凌辱中原天子，待天兵駕到黃龍府，把你們殺個乾乾淨淨，方出我今日之氣！」

阿骨打大怒，命人將李若水的手指一個個剁下，但這個李若水真是忠臣，仍然大罵不止。阿骨打索性讓人把他的舌頭割掉。哪曉得李若水割去舌頭，雖言語不清，依舊不停咒罵。眾番人一面喝酒，一面以李若水取樂。

過了一會兒，趁眾人毫無防備，李若水直衝到完顏阿骨打面前，一口咬住他的耳朵，死也不放。結果幾位太子和文臣武將一起上來拉扯，竟連阿骨打的耳朵都扯下。眾士兵將李若水推下，一陣亂刀砍死。

阿骨打沒有心思繼續飲酒作樂，急忙下令將徽、欽二帝關進地牢裡。

大宋雁門關總兵名叫崔孝，遭金兵俘虜，至今已十八年。由於他擅長醫馬，久而久之，就和金人混熟了，因此能在金營裡隨意走動。這天，崔孝聽說二帝被囚禁，便想方設法地去探望。看守二帝的金兵因與崔孝是熟人，又認為崔孝年邁，估計他也做不出什麼事來，就讓他進了地牢。

拜見二帝，崔孝把自己的姓名和來歷說了，又給二帝送上一些牛、羊肉脯和兩件羊皮襖，並向二帝打聽：「如今大宋皇子還有誰在呀？」二帝說：「只有九皇子康王趙構，現在也被金國押為人質。」崔孝一聽，見四周無人，就輕聲對二帝說：「九皇子既然在金國，聖上可以寫個詔書讓我帶出去，有機會交給康王。」二帝聽了，咬破指尖，寫下血詔一道，讓康王找機會逃回中原，重振河山。崔孝將血詔藏好，應付過看守的金兵，走出地牢。

第二年新春剛過，兀朮再次調集五十萬大軍，殺向中原。康王以兀朮王子的身分，隨軍南下。崔孝作為馬醫，也一道行軍。六月中旬，金兵才抵達黃河邊，這時天氣燠熱。兀朮命金兵在北岸紮營，一面準備船隻，一面等待天氣涼爽再行渡河。

一天，崔孝利用自己可以隨意走動的機會，趁著康王帳中無其他金人，將二帝血詔交給康王，並讓康王利用這次回到中原的機會，趕快逃出金營，渡過黃河，召集天下兵馬，收復河山。康王一看二帝血詔，家仇國恨湧上心頭，不由得嚎啕大哭。第二天一早，康王藉口打獵，帶上弓箭，單騎出營，往南馳騁。金兵知道他是王子，沒人敢上前攔阻，就由他一路而去。

這兀朮忙於軍務，也無暇顧及，又因康王一直謹慎隱忍，表面上非常恭順，因此起初並沒有起疑心。一段時間後，發覺康王一去不回，才知事情不妙，大叫一聲：「不好！」連忙騎馬追去。

兀朮的馬是寶馬，腳力非常，不用多久，已經遠遠望見前方策馬飛奔的康王。兀朮張弓射箭，只聽「嗖」的一聲，正好射在康王坐騎的腿上。那馬突感劇痛，一個搖晃，把康王震了下來。

正在危急時刻，附近樹林中突然竄出一名老漢，牽了一匹馬交給康王。康王謝過老漢，急忙上馬飛奔。沒想到前面江水滔滔，後面兀朮又緊追不捨，

康王正急得焦頭爛額，忽聽坐騎一聲長嘶，馱著康王奮力躍入江中。兀朮趕到江邊一看，波濤洶湧，霧氣瀰漫，哪裡還看得到康王的人影？他調轉馬頭去找老漢，也不見人影，只得回營。崔孝聽說康王騎馬跳江，不知去向，拔劍自刎。

再說回康王，他並沒有因為跳江而死。雖然康王不識水性，但那馬馱著昏死過去的康王載浮載沉，游過江水跳上岸。待走到一片樹林處，那馬放下昏昏沉沉的康王，自顧自地跑進樹林中。不知過了多久，康王才睜開眼睛從地上坐起，發現天色已晚。他怕還有金兵追來，趕忙走進樹林中。只見一座舊廟，廟門上寫著五個大字——崔府君神廟。康王走進廟中，看見大殿上立著一匹泥馬，顏色和不久前騎乘的一模一樣。仔細一看，那馬渾身還濕淋淋的。康王自言自語道：「難道是這匹馬載我過江的？但是泥馬被水一泡，不是要壞了嗎？」話音剛落，只聽「轟隆」一聲，那馬化成一攤泥水。

康王趕緊走上殿來，對著神像說道：「多謝神靈保佑！我將來如果能重整大宋河山，一定為祢重修廟宇，再塑金身。」說完，關了廟門，在廟的一角睡下。

第五章　精忠報國

那崔府君神廟位在磁州府豐丘縣地界，縣令都寬這晚受府君託夢，思前想後，起身帶著幾個衙役巡查江岸，不知不覺走進廟裡，果真遇上康王。都寬得知康王剛從金營逃離，急忙通知駐守左近的王淵、張所等將軍前來會合，一起護送康王前往金陵。

到了金陵，康王召見群臣，擇日繼位，改元建炎，廟號高宗，大赦天下，發勤王詔書，號令天下兵馬。沒幾天，趙鼎、田思中、李綱、宗澤和各路節度使、總兵陸續趕來護駕。接著康王又派官員前往各地催辦糧草，讓各地備齊糧草送往金陵。

（勤王：王室有難，起兵救援之意。）

湯陰知縣徐仁聽說康王繼位，便親自下鄉督辦糧草，並讓富戶多交一些，湊足一千石後親自押送，一路餐風露宿，來到金陵軍營外。他請中軍軍官通報，又讓隨從遞上六錢銀子。誰知中軍接在手裡一掂，覺得沒什麼分量，就把銀子往地上一扔，轉過頭去，不再理睬徐仁。

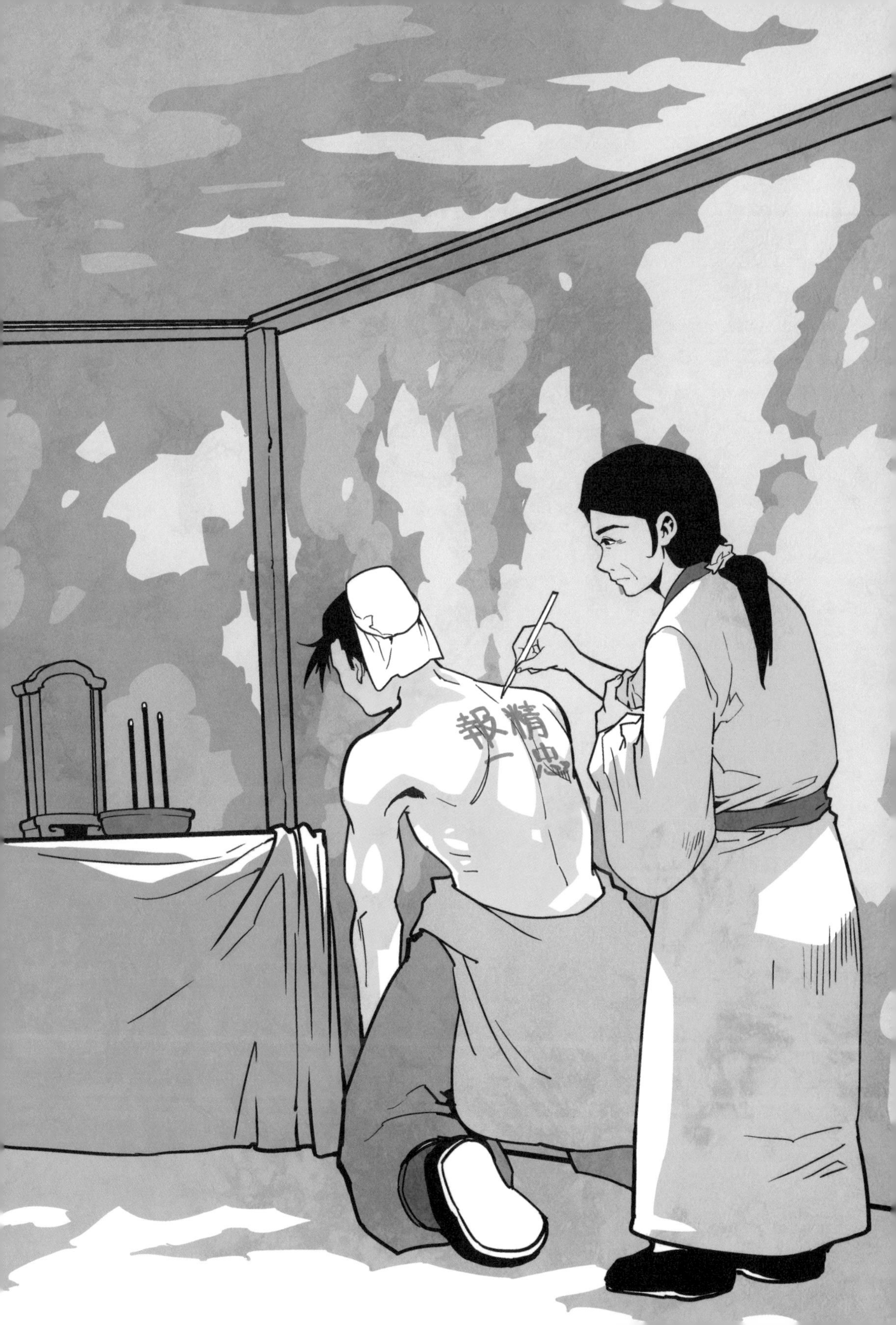
精忠
報

徐仁拾起銀子，心中大怒：「怪不得朝廷淪落到如此地步，連小小的中軍也如此放肆！」隨即抽出馬鞭，在轅門外的軍鼓亂敲一通。元帥王淵聽見鼓聲，不知發生了什麼事，急忙升堂，要手下把徐仁帶進來。得知徐仁親送糧草到此，王淵大喜。又問徐仁為何擊鼓，徐仁如實稟報中軍索賄之事，王淵盛怒，命人重打中軍四十大板、趕出軍營，然後拿出五十兩銀子，送給徐仁做回程盤纏。

徐仁正要告辭，王淵突然又問：「我聽宗澤老元帥說，貴縣有個岳飛本領高強。他現在情況如何？」徐仁說：「岳飛當年挑死小梁王，沒考上武狀元，如今在家務農。」王淵聽完就說：「你先住一晚，明天我帶你去見當今皇帝，保舉岳飛，讓他為國效力如何？」徐仁喜道：「那太好了，得元帥垂青，岳飛定能發揮所學！」

次日一早，王淵帶著徐仁上殿面聖，高宗卻早就知道岳飛，也想重用他。於是，徐仁帶著詔書和聖上給岳飛的禮物趕回湯陰。

而岳飛，自從那年遇見施全等人，便一直和兄弟們在家裡練武習文。不料瘟疫盛行，王員外夫婦、湯員外夫婦先後染病去世，因此家道中落。然後又逢大旱，米價昂貴。王貴兄弟幾人都過慣錦衣玉食的日子，欲從事不法之事謀生。只有岳飛一家仍甘守清貧。

一天，岳飛正在空地上練槍，只見眾兄弟手牽馬匹，身穿盔甲，一副外出的打扮。岳飛知道他們又要去打劫，勸戒他們要分辨是非，但他們哪裡聽得進去。岳飛一怒之下用槍畫地，要與他們畫清界線。兄弟們無奈，只得各自上馬離開。

岳飛看著他們遠去，心中酸楚，無心練槍，便回到家中。他正和母親說話，忽然有人叫門，岳飛到外面查看，過了一段時間才又回到屋內。岳母問：「剛才外面是什麼人哪？」岳飛說：「一個叫王佐的人，帶了一大包金銀珠寶，說是洞庭強盜大王請我過去，被我趕走了。」岳母說：「原來如此。」她想了想，又說：「你去準備香燭，在中堂擺香案。」岳飛立刻遵辦。

岳母把媳婦李氏叫出來，焚香拜過天地祖宗，又叫岳飛跪著，媳婦磨墨。岳飛問：「母親有何吩咐？」岳母說：「剛才看你不受叛賊引誘，不貪濁富，我很高興！但怕我死後，那些不肖之徒又來找你。萬一你一時糊塗，做了不忠之事，半世名聲豈不毀了？所以我今天告祝天地祖宗，要在你背上刺下『精忠報國』四個字。希望你銘記在心，做個忠臣，那我也能含笑九泉了。」岳飛一聽，忙脫下上衣。岳母先用筆在岳飛背上寫下「精忠報國」四字，然後用繡花針一針一針刺起來。刺完，用醋和著墨汁一敷，便永遠褪不掉了。

過了幾天，徐仁帶著官差，拿著禮物和御酒，捧著聖旨來找岳飛。岳飛一見，不由愣住了。徐仁笑道：「康王從金營逃回，於金陵登基，他要聘你為將，保護朝廷！」岳飛一聽，趕忙跪下接旨。徐仁說：「如今局勢危急，你收拾一下，今日就跟我走吧！」

岳飛請出母親，對她說：「康王在金陵即位，命徐知縣聘召我入朝，立刻就走。」岳母說：「你能有今天，多虧了周老先生的教誨，臨走前到他墳前拜一拜吧！」岳飛到了周侗墳前，將聖上所賜御酒打開，祭奠了義父，然後拜別母親。岳母喜極而泣，說道：「兒啊，但願你從此為國盡忠，名垂青史！」妻子李氏也說：「你放心去吧！家裡不必牽掛，有我在。」

岳飛收拾好行裝，正要出門，忽見七歲的兒子

岳雲從學堂跑來，問他要離家去做什麼事。岳飛說：「父親要去殺金兵，保衛江山。你在家裡孝順母親、照管好弟妹，用心讀書習武，聽到了嗎？」岳雲抬起小臉，說道：「那你不要把那些金兵都殺光了。」岳飛疑惑地問：「為什麼呀？」岳雲伸出小拳頭說：「留一半給孩兒殺呀！」岳飛聽了，笑著說：「別胡說！快回去。」岳雲到底是孩子，也不知道離別，又蹦蹦跳跳地回學堂了。

岳飛和徐仁走了幾天才抵達金陵。高宗見岳飛身材魁梧，相貌堂堂，非常喜歡，便封他做了總制，還拿出自己畫的兀朮兄弟五人畫像，叫岳飛細細觀察，要他以後在戰場上遇見時，千萬不可放過。

高宗安排岳飛暫在張所營裡效力。張所見了岳飛，也很喜歡，第二天就讓岳飛去校場挑選部下。岳飛經過慎重的選擇，最後只選了六百人。張所又讓岳飛到他的親兵裡挑選，岳飛也只選兩百人。

張所問：「難道連一千人都挑不出來？」岳飛自有挑選的道理，笑了笑說：「就這八百人吧！」張所派岳飛率領這八百人作為第一隊，又派山東節度使劉豫率領第二隊。吉青得知岳飛帶兵，特地來找他，要隨他出征。高宗便封他做副都統，於岳飛營裡效力。

兀朮在河間府聽說康王在金陵即位，下詔勤王，不由大怒。他派出金牙忽、銀牙忽二將，讓他們領兵五千，作為先鋒。又派大太子粘罕和元帥銅先文郎率領眾將，領兵十萬，殺向金陵。

岳飛和吉青帶領八百軍士駐守八盤山。不一會兒，探子來報：「金兵前鋒已到。」岳飛觀察周圍地形，對吉青說：「這裡山勢曲折，如能善加利用，即使我們的人數少，還是可以打敗他們的。」他讓軍士帶著強弩硬弓在山谷兩邊埋伏，又命令吉青：「你前去誘敵，只許敗，不許勝，把他們引進山谷。」

於是，吉青帶領五十名軍士去谷口迎敵。金兵從遠處走近，看見前來迎戰的只有吉青等幾十個士兵，大笑不已。金牙忽對銀牙忽說：「原來，宋朝就剩下幾個殘兵敗將啊！」趁著他們取笑，吉青衝上來掄起狼牙棒就打。金牙忽舉刀迎上，兩人戰了幾個回合，吉青心想：「大哥叫我誘敵，我可不能取勝。」於是佯敗退進山谷。兩名金將率兵隨後殺到，結果山谷兩邊埋伏的八百宋軍一起射箭，把金兵攔腰截斷，首尾不能相顧。金牙忽正要轉身逃跑，卻聽一聲大喝：「金賊哪裡走？岳飛在此！」一陣鼓響後，只見四處都是宋軍，喊聲震天。金牙忽心慌，岳飛一槍刺中他的心窩，將他挑落馬下。

銀牙忽正與吉青鏖戰，見金牙忽戰死，大吃一驚，被吉青趁機打中天靈蓋，同樣墜馬而死。隨後八百宋軍一起動手，殺死三千多名金兵。岳飛取了兩名金將首級，將金兵的馬匹兵器收拾好，命吉青送到劉豫那裡，再轉至大營報功。

劉豫是個小人，貪生怕死又想搶功。看到岳飛立功，他心想：「岳飛初戰就有如此成就，將來不知還會立下多少功勞。這第一功就先讓給我，下次再幫他報吧！」於是急忙寫好戰報，差人送往大營報功。

再說粘罕遇到前鋒敗下的金兵，得知有個青年將領十分厲害，殺了兩位先鋒，五千名軍士也少了大半，大怒之下，忙率十萬大軍急速前進。傍晚時分，前方探子回報，青龍山上有宋朝兵馬。粘罕見天色已晚，便下令安營紮寨，等待第二天開戰。

青龍山上的兵馬正是岳飛等人。岳飛知道金兵大軍就要來了，便在比八盤山地勢更好的青龍山等候。他派人從大營運來火藥、火炮、火箭等物，又派兩百名軍士將枯草鋪在山前地上，再撒上火藥，命眾人得到號令時立刻引燃；同時，派一百名軍士在右邊山澗上游，用裝滿沙土的布袋築壩阻水。只等金兵一到，把布袋扯起，就能水淹敵軍；又讓一百名軍士在懸崖處堆積亂石，準備用來砸向金兵；最後派吉青帶領兩百人馬，埋伏在山後，等著擒拿敗逃的金兵，並說：「賢弟，你要是遇見一個面如黃土、騎著黃驃馬，手上又拿著流星錘的，就是粘罕，一定要抓住他！」吉青領令而去。布置妥當後，岳飛親率兩百人馬上山頂眺望。

岳飛看到粘罕大軍正在山前安營，心想：「不可錯過良機。現在天色昏暗，金兵不知我軍虛實，正好把他們引進來。」接著拍馬下山，持槍直闖金營，大叫：「岳飛前來叫陣！」逢人便挑，遇馬便刺，耀武揚威，如入無人之境，殺得金兵人仰馬翻。粘罕得報，這才慌忙上馬，率領手下將士，把岳飛團團圍住。只見岳飛槍挑劍砍，所到之處血流成河，最後一擺瀝泉槍，說道：「能來去自如，才算得上好漢！」雙腿把馬一夾，衝出金營，朝青龍山奔去。

粘罕哪能忍受此奇恥大辱，怒喝道：「一個南蠻都抓不住，如何進占中原？」

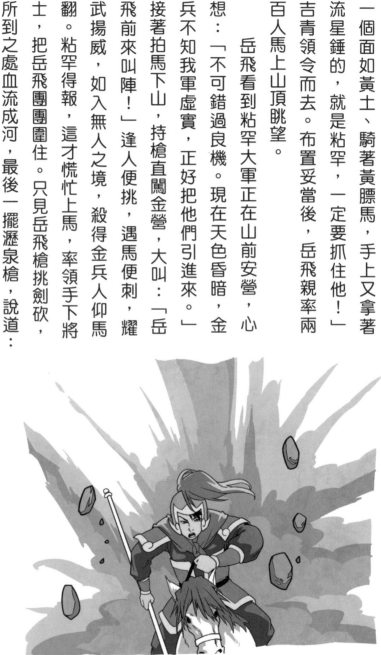

下令三軍追向青龍山。岳飛看見金兵鋪天蓋地而來，不禁大喜。那金兵剛到山前，忽聽一聲炮響，剎那間烈焰熊熊，煙火瀰漫，燒得金兵睜不開眼，只能胡亂奔走，自相踐踏。原來是埋伏的宋兵點燃了地面的枯草和火藥。

銅先文郎和眾將保護粘罕，率大軍從小路逃命，卻遇山澗阻擋。粘罕派兵查探溪水深淺，得知溪水只有三尺來深，便吩咐大軍涉水過去。而剛才被煙燻得難受的金兵十分口渴，紛紛彎腰在溪中喝水，滿溪皆是番兵。粘罕正要催促人馬渡溪，忽聽一聲巨響，猶如天河塌下，大水劈頭蓋臉而來，沖走不少人馬。粘罕一看，慌忙下令再找別的路逃出。那些金兵嚇得魂飛魄散，一窩蜂地朝山谷逃去。跑了沒多遠，山上埋伏的宋軍聽見谷底出現聲響，一齊把石塊像飛蝗似地扔下來，砸得金兵頭破血流，屍積如山。

銅先文郎與一批士兵護著粘罕，殺到快天亮，才狼狽地逃出谷口，來到一條大路。粘罕已知岳飛用兵能耐，料前方必有人馬埋伏，不覺仰天大笑，對銅先文郎說：「我等性命休矣。」這時，果然聽見一聲炮響，遠方殺出一個面似藍靛、髮如朱砂、手持狼牙棒的大將，躍上馬匹高聲叫道：「吉青在此，快下馬受死！」

銅先文郎道：「大王快將衣甲、坐騎和我交換，我去擋住他。大王找機會衝出去吧！」看到手拿流星錘、騎著黃驃馬的銅先文郎，吉青以為這就是粘罕，將他一把抓住。粘罕則趁機帶著手下殘兵，拚命逃了出去。

吉青回營，說抓了粘罕，岳飛一看，嘆道：「你中了金蟬脫殼之計！」又喝問俘虜：「你是何人？敢假冒粘罕！」銅先文郎一看被岳飛識破，只得從實招來。岳飛見擒得的是金兵大將，便讓吉青帶著人馬將他押回大營報功。

★　★　★

這次吉青押解銅先文郎回大營，行經劉豫營地。劉豫一看岳飛只率領八百精兵，不但打敗粘罕十萬大軍，還活捉金兵將領，又想貪功，於是藉口要防金兵再犯，讓吉青先行回營，自己代岳飛報功，還準備了牛羊美酒，犒勞岳飛將士。吉青不知是計，謝過劉豫便回去了。

可是劉豫不知道，張所在他第一次報功時已經起疑。這次青龍山一戰，張所特意派人觀戰，對於戰況瞭然於心。見劉豫又來報功，張所勃然大怒，對眾將說：「兩次都是岳飛立下大功，這劉豫一再冒功領賞，如不軍法處治，豈不讓忠勇之士心寒？」便要派人把劉豫叫到大帳來。

沒想到張所帳中有個兩淮節度使曹榮，和劉豫是兒女親家，一聽到消息，便馬上讓心腹飛馬報告劉豫。劉豫一聽，大驚失色，索性一不做二不休，不但放了銅先文郎，自己還跟著他一起逃走，投奔金國。

張所得知劉豫投敵，馬上寫本參奏。正當他要派人送去金陵時，忽然接到聖旨，命自己與岳飛鎮守黃河，並加封岳飛為都統制。張所便將寫好的奏摺交給欽差，自己整頓軍隊去守黃河。

再說張邦昌聽說張所要北上守黃河，即將領兵前來汴京，擔心自己性命不保，於是心生一計，到分宮樓奏請太后：「兀朮很快就要搶佔汴京，臣願保護太后去金陵康王那，望太后把傳國玉璽交給我一起帶去。」沒想到張邦昌一拿到玉璽，忙收拾細軟，帶著家眷溜去金陵。

康王見張邦昌獻上玉璽，雖知他是奸臣，但還是封他做了右丞相。張邦昌又刻意逢迎，獻上美女荷香，沒過多久又重新得勢。

張邦昌坐穩丞相的位置後，就開始陷害忠良。當初從汴京到金陵的路上，他早已用玉璽做了許多假聖旨，如今他便用這些假聖旨去黃河口召岳飛進京。

岳飛一連接了幾道聖旨要他回京，就吩咐吉青說：「我這次回京，你一定要加強防備。如果讓金兵過河，後果不堪設想。我怕你貪杯誤事，今天你就把酒戒了，等我回來你再喝。你如果答應，就喝了這杯茶。」說完，遞給吉青一杯茶。吉青接過，一飲而盡，說道：「遵命！」岳飛又派手下去張所大營報告了奉旨回京的事情，然後再三叮囑吉青，才帶著張所託付給他的張保，一路朝京城趕去。

一天，兩人正在趕路時，只見前面河上一座斷橋擋住去路。岳飛四處張望，發現不遠處的蘆葦裡有條小船，便大聲叫喚：「船家過來！」船上的人應了一聲，慢慢搖了過來。岳飛看那人，長得粗眉大眼、紫紅臉，一副兇惡相又膀闊腰圓。那人說：「你們要渡河，先談好船錢。」張保問：「你要多少？」那人說：「一人十兩銀子，一匹馬也是十兩。」岳飛心想：「看來是此人故意弄斷這橋的。」張保和他討價還價半天，那人就是不肯讓步，最後只好答應他渡河後再付錢。

那人暗暗觀察岳飛、張保，心裡盤算：「他們的包裹裡沒什麼好東西，但這匹馬還不錯，可以賣幾個錢。看這軍官文縐縐的，沒什麼能耐，那隨從倒是有些力氣，對付起來會麻煩些。」於是說：「我的船小，不能乘載兩人一馬，只能先載一人一馬過河，剩下一人回頭再來接。」張保說道：「沒關係，我就在船尾站一站吧。」那人說：「客官，我的船小，你站穩了。」

岳飛牽馬上船，把馬拉到船艙，自己站在船頭，張保站在船尾。那人把船划到河中央，正想動手，抬頭一看，只見張保拿著鐵棍，直直地盯著自己搖櫓。那人見沒法下手，便叫：「客官，你幫我搖一下櫓，我去拿些點心吃。」張保一聽，說道：「好，你自便。」便接過櫓，搖了起來。

只見那人蹲下身子，揭開船板，「嗖」的一聲，從底下摸出一把鋼刀。張保早有防備，飛起左腳，踢掉了那人手中的鋼刀。那人一看情勢不妙，便「撲通」一聲跳下水去。岳飛忙叫張保：「小心他對船底動手腳！」張保說：「不用怕他！」就把鐵棍當船槳，划起船來。岳飛則用瀝泉槍當篙子，在船頭撐。那人不敢靠近，只能眼睜睜看著張保把船划到對岸。岳飛牽出馬，上了岸。張保背著行囊，也跟了上去。

兩人走沒多遠，就聽到後面有人大叫：「你們不給船錢就想走？」張保回頭一看，只見那人裸著上身，提了根熟銅棍，飛速追來。張保說：「你要錢？先問問我的鐵棍吧！」說完便舉起鐵棍，和那人廝打起來。兩人棍來棍往，打了十五、六個回合。岳飛看了，忍不住喝彩。但他突然想到，張保背了行囊，行動不便，有可能吃虧，連忙用槍挑開二人，喝道：「停下！」

那人說：「不給錢就別想走！普天之下，只有兩個人可以坐我的船不給錢，就是皇帝老子也得付錢！」岳飛好奇地問：「哪兩人？」那人說：「一是丞相李綱，他是忠臣！二是湯陰縣岳飛，他是豪傑！」張保笑道：「那連我算三個吧！」那人說：「你說算就算哪？」張保說：「這位就是湯陰縣的岳飛，岳老爺。」那人聽了，大吃一驚。岳飛說：「我正是岳飛，防守黃河以免金兵來犯，如今是奉旨進京。」那人聽了，倒身就拜。

原來那人名叫王橫，從小沒了父母，一向在江邊打劫。在金兵入侵後，他早想投奔岳飛，去殺金兵。現在一聽是岳飛，馬上就回家收拾行李，跟隨岳飛。

從此，岳飛身邊便有了兩員猛將，人稱「馬前張保，馬後王橫」。

★　★　★

黃昏，岳飛在京城門口遇見張邦昌。張邦昌從大轎裡探出頭說：「岳將軍，為了江山社稷，我已向聖上保舉您為元帥。今天正好遇見，我們一起去面見聖上吧！」兩人於是一同進城去。

抵達皇宮門口時，天色已晚。張邦昌佯裝去通報聖上，卻暗自差太監去通知荷香，要她協助陷害岳飛。荷香正在宮中和高宗一起品嘗美酒佳餚，聽說此事，柔勸高宗多飲了幾杯。待她見聖上已有幾分酒意，便嬌滴滴地說：「陛下！臣妾好想看看月光下的宮廷美景啊！」高宗立即命令宮女點燈夜遊。岳飛一直在皇宮門口苦等，忽見高宗，慌忙跪地說道：「岳飛叩見皇上。」這時，荷香身邊的太監大喊：「有刺客！」餘人趕忙上前捉住岳飛。高宗吃驚，即刻在隨從的簇擁下回宮，問道：「刺客何人？」太監答：「岳飛行刺！」荷香隨口說道：「這岳飛無故摸黑入宮，定是圖謀不軌，請陛下快將他斬首吧！」高宗此時已醉意甚濃，聽到荷香的話，馬上傳旨將岳飛斬首。

岳飛被五花大綁推出午門外的消息，很快就傳到了太師府。老太師李綱趕緊備轎上朝，可是還沒到早朝的時間。李綱奮力撞響鐘鼓，鼓聲驚動了朝廷大臣，也驚動了高宗。高宗無奈，只得深夜上朝。李綱開口：「臣聽說岳飛潛進內宮，想要加害聖上。此事相當蹊蹺，岳飛第一次入宮，怎知要到哪裡尋得聖上？想必還有更為陰險的幕後主使，請聖上允許我澈底調查一番，先不要定岳飛的死罪。」高宗思索片刻，同意先將岳飛打入大牢，等待調查。

李綱回到太師府後，吩咐手下連夜刻印傳單，讓張邦昌陷害岳飛的經過在百姓間流傳。此時牛皋、湯懷、施全等八兄弟皆聚在太行山上，當起山大王。得知岳飛遭陷害，牛皋暴跳如雷，發誓定要救出岳大哥，迅速召集八萬兵馬下山直至金陵，在城門外安營下寨。

後軍都督張俊帶兵出戰，被牛皋打敗，慌忙逃回城去。高宗召集群臣商議對策，李綱、宗澤都以身家性命擔保，讓岳飛去勸退牛皋。高宗便親自審問岳飛，岳飛回奏：「張丞相命我連夜面見聖上，正好聖駕降臨，自然跪迎。我死不足惜，只是難忘母命『精忠報國』啊！」

張邦昌連忙辯解：「聖上，岳飛一定還對當年考武狀元的事情耿耿於懷，所以誣陷老臣，胡說八道！」當晚的值班太監悄聲對高宗說：「小的確實看到張丞相領了岳飛進宮。因為張丞相經常來往宮裡，是以沒有立即稟報。」高宗聽完龍顏大怒，大罵張邦昌，並罷黜他的官職，削為平民。

這時，前線傳來急報：「兀朮大軍已經渡過黃河。」高宗立即加封岳飛為副元帥；又因被牛皋八兄弟的義氣深深感動，所以封他們為八將，聽從岳飛的指揮。

再說金國四太子兀朮領兵三十萬，在賣國求榮的兩淮節度使曹榮暗中幫助下，順利渡過黃河。吉青率八百精兵頑強抵抗，無奈兵力懸殊，只得一邊應戰，一邊後退。此時，岳飛已從金陵帶兵來到愛華山接應吉青。岳飛聽吉青說昨晚與兀朮交戰過，估計兀朮必定在不遠處紮寨了。他仔細分析愛華山的地形，決定引誘兀朮到山谷，來個甕中捉鱉。岳飛命令吉青從原路折返，誘敵深入。吉青領命後，不帶一兵一卒，便出營上馬，獨自去尋找兀朮了。

岳飛又命令王貴、牛皋率兩萬兵馬，外加弓弩手兩百人，埋伏在北面山谷口。同時，命令其他四位將領，各帶兩萬兵馬，分兩隊守住東、西兩個山谷口，聽到炮響再殺出來，圍住兀朮。

吉青行不多時，果然看到兀朮的先鋒部隊。吉青衝上前大喊一聲：「狗賊兀朮，今天就要取你人頭！」兀朮冷笑道：「又來找死！昨天放你走，今天送你見閻王！」兩人大戰幾個回合，吉青不敵兀朮，敗下陣來，回身逃跑。

兀朮緊追不捨，追到愛華山山谷口，軍師哈迷蚩著急提醒道：「四王子，前方恐有埋伏。」「有埋伏我也不怕！你催大部隊快跟上，我先進去看看情況。」兀朮說罷，帶著幾千人馬追進山谷口。就在這時，忽然聽到一聲炮響，剎那間，環山立起旗幟，亮出刀槍，只聽十萬宋軍齊聲高喊：「活捉兀朮！活捉兀朮！活捉兀朮！」喊聲如排山倒海一般，嚇得兀朮魂飛魄散。

只見十米遠處帥旗飄揚，一員大將頭戴銀盔、身披銀甲，騎著白龍馬、手拿瀝泉槍，威風凜凜。兀朮問：「你是何人？」岳飛道：「大宋副元帥姓岳名飛。兀朮，你幾次領兵來犯我大宋，今日竟自來送死，快快下馬受縛吧！」

「原來你就是岳飛！」兀朮怒道，「前次我王兄誤中你詭計，在青龍山損傷十萬兵馬，今日正好為我兄弟報仇。吃我一斧！」說完，拍馬掄斧，直接衝向岳飛。岳飛挺槍迎戰，兩個人槍來斧往，棋逢敵手，勝負難分。

七、八十個回合後，兀朮逐漸招架不住，又見手下金兵被岳飛的部下殺得所剩無幾，心中更加擔心，於是扭轉馬頭，奮力殺出山谷口。

再說王貴、牛皋二人看到山外金兵大隊人馬過來，就領兵衝殺下去。岳飛帶領吉青、張保、王橫等人，也奮力衝向金兵。張顯、湯懷、施全、梁興、周青和趙雲則從兩邊向金兵包圍。

見兀朮敗下陣來，金兵早已人心惶惶，紛紛往西北方向逃竄。岳飛乘勝追擊，把金兵殺得屍橫遍野。

當時，水許寨「菜園子」張青之子張國祥，和「雙槍將」董平之子董芳，在離愛華山不遠的麒麟山、獅子山占山為王。他們聽小嘍囉報告，金兵大敗逃竄，便火速派人馬截殺。無奈金兵太多，只好讓過一批，截住後面的廝殺。岳飛、牛皋、吉青率兵趕上來後，問明兩人的來歷，十分欣喜。於是請張國祥、董芳回山寨收拾，共同為國出力。岳飛率大軍繼續追擊金兵。

金兵逃到黃河邊，兀朮乘亂上了一條小船。漁夫把船篙一點，小船瞬間離岸好幾里。宋將一見忙叫：「船上是番邦兀朮，快把船搖回來，自有千金賞賜！」兀朮趕緊說：「船家，我是大金國的四太子。如你今日救我，我保你加官封爵，榮華富貴一輩子！」漁夫不屑地說：「你想，大兵在此，不去藏躲，反在這裡救你，那有這樣的呆子？我父親和叔伯，可是梁山泊有名的阮氏三雄，我是阮二爺之子阮良。今天你栽到我手中，正好讓我取你的項上人頭！」兀朮大怒，掄起金雀斧向阮良砍去。阮良「撲通」一聲跳下水，托住小船往南岸送。兀朮大聲求助，引來大船上的金兵相救，才脫了險。

愛華山一仗，兀朮三十萬兵馬幾乎全軍覆沒，只能帶著殘兵敗將，狼狽逃回河間府。

第六章　萬夫莫敵

愛華山一戰大勝金兵後，岳飛新收了三員戰將張國祥、董芳和阮良。他一心想渡過黃河繼續追擊，解救被擄走的徽、欽二帝，便派部下去附近的村子裡找尋船匠，打造戰船。

此時傳來聖旨，加升岳飛為大元帥，並命他火速領兵去太湖地區剿寇。岳飛深知那些草寇都是因為金兵入侵，造成社會動盪，又遇上連年災荒，別無生路才會打家劫舍，便在心裡盤算：「如今大敵當前，正是國家用人之際，何不說服他們共同消滅金兵呢？」那些草寇久聞岳元帥大名，也非常敬佩他的抗金大義，紛紛表示願意投奔岳飛。如此一來，岳飛又收編了楊虎、余化龍，以及深諳水性的耿明初、耿明達兄弟等一幫人馬，岳家軍規模日益龐大。

一天，探子來報：「兀朮派駙馬張從龍領兵三萬，攻打汜水關；又派元帥斬著摩利之領兵，來打藕塘關。十分危急，請令定奪。」

岳飛立即派楊虎、余化龍領兵五千救援汜水關，可惜汜水關已被金兵攻陷。二

將與張從龍對陣，大戰二十回合後，余化龍趁敵手毫無防備之際，回身一鏢，張從龍應聲而倒，楊虎趕上前一刀砍下他的腦袋。失去主將的金兵像無頭蒼蠅般四處逃竄，汜水關大戰告捷。

牛皋也領兵五千，火速救援藕塘關。當時金兵未到，守關總兵金節忙出關迎接牛皋，並備了一桌豐盛的菜餚。牛皋問：「金總兵，你這桌酒菜是誠心請我吃的嗎？」金節說：「將軍是岳元帥派來的援軍，這桌酒菜當然是誠心請您吃的。」牛皋說：「太好了，那就拿大碗來吧！」結果牛皋連喝了二、三十碗酒，很快便有七、八分醉意。金節有些著急，心裡暗自琢磨：「岳元帥怎麼會派這樣的酒鬼來呢？」這時，有軍士來報：「金兵已到關下叫陣了。」牛皋說：「再來些酒，我喝了去殺金兵。」金節說：「將軍喝多了。」「胡說！喝了十分酒，才有十分力氣！」牛皋邊說邊喝下半罈酒，然後踉踉蹌蹌地爬上馬。

牛皋出陣後坐在馬上，搖搖晃晃，連頭也抬不動。金兵元帥斬著摩利之是名步將，只見他身材魁梧，手上拿著百來斤重的渾鐵棍，直向牛皋衝來。這時一陣風吹來，讓牛皋的酒氣反衝上來，只見他嘴一張，直接吐在斬著摩利之的臉上。那牛皋吐了後，酒有些醒了，見一名金將站在跟前，忙舉起鐧，朝對方的頭上打去。只聽一聲脆響，斬著摩利之天靈蓋碎裂，倒地不起。一時間，失去主帥的金兵落荒而逃。牛皋領兵直追二十里，殺得金兵屍橫遍野，奪來許多馬匹糧草，立了大功。

藕塘關總兵金節心想：「牛皋生性魯莽，但他喝得大醉，反倒打死金將，擊敗金軍，真是位福將！以後定能飛黃騰達，前途無量。」金節又打聽到牛皋尚未婚娶，心中大喜，便請來牛皋，對他說：「牛將軍性格耿直，驍勇善戰，據說還沒有妻室。我的妻妹戚賽玉也尚未婚配，不如將她許配給您……」誰知牛皋平日不拘小節，這回卻沒等金節說完，臉就紅得像豬肝一樣，一言不發地站起身跑回軍營。正好岳飛率領部隊過來，金節忙把他迎進衙門，報告牛皋的戰況，又提起這門親事。岳飛聽完哈哈大笑：「這個牛皋，平常冒冒失失，沒想到也有害羞的時候。這是件好事，我來做主，明天就讓他們成親吧！」

岳飛又找來牛皋說：「兄弟，男大當婚，女大當嫁，你怎麼跑了呢？」說完，便遞上一套新郎官衣袍，對他說：「明天為兄送你去成親。」金節回到家中，想到妻妹終身有依靠，欣喜萬分，命僕從張燈結綵，準備婚事。第二天，岳飛親自陪牛皋來到金節家。兩位新人拜了天地，送入洞房，氣氛熱絡，一派熱鬧喜慶的場面。

汜水關和藕塘關兩戰告捷，岳家軍更加名聲大震。沒過幾天，岳真、孟邦傑、呼天保兄弟、徐慶、金彪等江湖好漢也一一前來投奔岳飛。

兀朮在河間府得知戰況，捶胸頓足地對眾將領說：「岳飛在藕塘關阻擋我軍前進，誰願意領兵搶關？」「我！」大太子粘罕應聲道，「我還要為青龍山失兵之事雪恥！」兀朮說：「好！王兄帶上十萬精兵強將，一路務必小心謹慎。」

岳飛得報，十萬金兵正向藕塘關殺來。於是派周青、趙雲、梁興、吉青各帶一路兵馬出關，在四面紮下營寨，岳飛則率其他將士守住大營。

再說吉青領兵出關，遠遠看到粘罕大營，心想：「上次在青龍山讓他用『金蟬脫殼』之計逃走，這次一定要捉住他向元帥報功。」當天夜裡，吉青手持狼牙棒，單騎衝進粘罕大營。金兵無力抵擋，只能四下逃竄。吉青忽然看到帳中坐著一人，他身材高大，穿著一件大紅戰袍，面如黃土。吉青大喜，心想：「這不正是粘罕嗎？」誰知吉青剛衝入大帳，只聽「轟隆」一聲，他連人帶馬重重跌進金兵挖的大坑，被金兵拿下，然後打入囚車，押往河間府。

岳飛得知吉青被擒，第二天就領兵出關挑戰粘罕。可是沒戰幾個回合，粘罕便節節敗退，而且營門大開。岳飛料想其中必有陰謀，便命令兵馬原地待命，暗地召集另一隊人馬繞到粘罕大營後方突襲。金兵抵擋不住，只能往前逃竄，紛紛跌入自己挖好的大坑裡。岳飛領著兵馬越過大坑，繼續追擊金兵。粘罕慌忙帶領殘兵逃向北方，岳家軍在後面一路追趕。岳飛突然看見吉青也在前面追殺逃兵，連忙催馬上前詢問。原來，在吉青被押往河間府的路上，有幾個想投奔岳飛的義士救了他。

粘罕慌忙逃回河間府後，和兀朮商量：「岳飛老謀深算，正面交鋒恐打不過他，不如直取金陵，捉住宋高宗，逼岳飛繳械。」兀朮點頭道：「四位太子兵分四路，分頭搶戰湖廣、江西、山東、山西，牽制岳飛，料他也應對不及。我帶一路兵馬直奔金陵，拿下宋高宗。」

當兀朮領兵來到長江，守長江的總兵杜充直接投降。兀朮大為驚喜，便封杜充為長江王，命他作為嚮導，殺往金陵。杜充的兒子杜吉守在鳳台口，見父親引金兵來，就打開城門。金兵如洪水般湧入金陵，守城的宋軍慌忙逃竄。留守金陵的老將宗澤奮力殺敵，卻不幸舊疾復發，口吐鮮血而死，死前大喊：「過河殺敵！」

李綱、趙鼎、沙丙、田思中、王淵、都寬幾個忠臣急忙護著高宗，逃出通濟門，換上普通百姓的衣服。兀朮衝進皇宮，見宋高宗已經逃走，只有荷香跪地迎接，他一揮斧頭，香消玉殞。隨後兀朮命令杜充在前指路，緊緊追趕而去。

★

★

★

高宗君臣七人不敢休息片刻，一路逃到海塘。高宗回頭看到兀朮追兵靠近，嚇得魂飛魄散。正在慌亂之時，一艘船駛了過來。李綱大叫：「船家，快來相救聖上！」船家忙駛近岸邊，眾人慌張上船。船剛離岸，兀朮就趕到了，大叫：「快回來，重重有賞！」船家毫不理會，掛起風帆，駛離岸邊。

兀朮只好帶領人馬，沿著海塘一路追趕。遇見三個正在釣魚的漁夫，就問他們：「你們有沒有看見有船從這裡駛過？」一人回答：「有的。你們想要追上他們，可以跟我們一起走。」漁夫們收拾好漁具，在前面帶路，兀朮大軍跟著下了海塘。走沒多遠，突然聽到遠處傳來一陣鼓聲，而且愈來愈響。仔細一看，只見數人高的雪白浪潮，猶如萬馬奔騰滾滾而來。金兵還未反應過來，隨著山崩地裂般的巨響，一條白線狀的巨浪便席捲而來。兀朮趕緊拍馬向高處逃去，身後上萬人馬，連同三個漁夫，都被浪潮捲去，不見蹤影。

原來，這三個漁夫都是船家的兒子。他們為了保衛高宗，哄騙金兵走下退潮的海塘，利用錢塘江潮汛，和金兵同歸於盡。兀朮許久才回過神來，繼續追擊高宗等人。

再說高宗君臣七人下船後往湖廣逃跑。途中經過一戶人家，主人竟然跪下大呼

萬歲。高宗一看，正是已被貶為平民的張邦昌。張邦昌把眾人接到家裡招待，表面上說去找岳飛，實際上卻連夜趕到粘罕那裡告密。張邦昌的夫人蔣氏發現丈夫心懷不軌，急忙放走高宗一行人，然後留下遺書，自縊而亡。

等張邦昌帶著粘罕等八千金兵趕回家中，已不見高宗等人的身影。粘罕十分惱火，當場就把張邦昌的家劫掠一空，最後放火燒了宅子。張邦昌又傷心又後悔，無奈還得為粘罕指路，帶他們追到牛頭山下。

粘罕看見七、八個人正逃往山頂，趕忙奮起直追。正在危急時刻，突然烏雲密布，下起滂沱大雨。那些金兵穿的都是皮靴，如今浸了雨水，再加上山路濕滑，兵卒們難以立足，結果不少人因此失足跌下山去，造成死傷。粘罕見雨愈下愈大，猜想高宗肯定逃不出牛頭山，便下令就地紮營躲雨，明天再上山搜索。

且說岳飛在潭州和金兵對陣，直到探子來報：「兀朮已攻下金陵，高宗逃亡在外，不知去向。」岳飛又急又氣，大呼上當：「聖上啊，臣等無能，讓您受苦了！」說完，拔出寶劍就要自刎。張憲、施全二人趕緊衝上前，攔腰抱住岳飛說：「現在是聖上最需要我們的時候，元帥不去保駕反要自殺，這難道是男子漢該做的事嗎？」岳飛道：「古語云：君辱臣死。我堂堂元帥，竟連聖上的下落都不知道，還有什麼臉面活在世上？」牛皋說：「聖上出走，必定會來尋元帥。不如讓我沿著湖廣至金陵的路上尋找，一定會遇上的。」岳飛聽牛皋說得有理，就派他帶著五千人馬一路尋去。

牛皋來到牛頭山，發現金兵紮營，心想：「既然金兵聚集在此，聖上必定在附近。」同行的潭州總兵十分熟悉牛頭山地勢，便對牛皋說：「將軍，從荷葉嶺有一條小道可以到山上。」牛皋心急，帶領大隊人馬上山搜索，果然在山頭的廟裡找到了高宗。岳飛聞報，飛奔至牛頭山見高宗。「微臣來遲，罪該萬死！」岳飛叩頭不已。高宗喜極而泣，大哭道：「奸臣誤國，卿有何罪？」岳飛見山下有金兵，就把高宗安頓在山頭的大道觀玉虛宮裡。此外，他請來昔日梁山泊神醫安道全，為高宗診脈，調治身體。

隨後岳飛連夜調遣大軍來牛頭山護駕，又把令箭和文書交給牛皋，對他說：「這裡必有一場惡戰，你速去相州催些糧草過來。」牛皋答道：「請元帥放心，我牛皋一定儘快將糧草帶回。」說完，上馬奔下山去。

次日早晨，粘罕正要帶兵上山，突然看到「岳」字旗滿山飄揚，不由大吃一驚。他趕緊命人去兀朮那裡請求增援，好把整個牛頭山團團包圍。正在此時，一馬衝到粘罕面前，馬上將領手舞雙鐧，逢人就打。粘罕還沒能舉錘招架就被打了兩鐧，只聽那人大叫一聲：「快給我讓路！」轉眼間就衝殺出去。

牛皋衝出金營後，馬不停蹄來到相州節度都院。性急的牛皋不等通報，持鐧擊打衙門口的大鼓，直接把它打爛了。收到牛皋消息的劉都院連夜準備糧草，隔天一早，就派三千人馬護送牛皋回牛頭山。

路上，牛皋遇到三位好漢：一個姓鄭名懷，是宋朝開國元勳汝南王的後代；一個姓張名奎，是開國功臣東正王的後代；另一個姓高名寵，是開平王之後。三人聽說牛皋是岳元帥的好友，便和他結拜，成為生死兄弟，共同往牛頭山運送糧草。

接近牛頭山時，只見兀朮大軍已經抵達。遙望六、七十萬金兵團團圍住山腳，高寵對牛皋說：「小弟打頭陣，殺開一條血路，兄長們保護糧草隨後跟進。」說罷，高寵一馬當先，大叫：「高將軍來也，想活命的快閃開！」兀朮忙命金花骨等四將迎戰，不料被高寵一槍一個，戮倒在地。最後一個被高寵刺穿前胸，他順勢一挑，屍體就被拋飛到半空中。牛皋趁機護著糧草，衝過金兵封鎖，上山去了。

高宗見牛皋順利回山，龍顏大悅，直呼：「汝真是朝廷的福將呀！」牛皋說：「聖上，多虧我三個兄弟殺開血路，方能護糧上山。」高宗也十分欣賞三人，當即封三人為統制。

第二天，眾將士齊聚一堂，商量突圍之事。岳飛說：「昨天牛將軍等人雖然已運糧上山，但是恐怕維持不了多久。要想早日解困，護天子回京，一場惡戰無法避免。」大夥兒都點頭同意。岳飛接著問：「不知哪位將軍願意去金營下戰書？」話音剛落，牛皋上前一步說：「末將願意去。」岳飛卻說：「不妥，兄弟押送糧草，連日艱辛。昨日又殺了眾多金兵，他們怒火正熾。」牛皋仍然態度堅決地說：「請讓小弟去吧！除了我，誰有這等膽量？」岳飛拗不過他，只得同意。

牛皋換下戰袍，穿上結婚時岳飛送的衣袍，自己看看，看起來竟有些神似城隍廟裡的判官，倒也覺得十分好笑。

穿戴完畢，眾兄弟送牛皋下山。岳飛對牛皋說：「賢弟此去，說話要謹慎小心。」牛皋道：「大哥放心，我會隨機應變的，但小弟有一事相求。」岳飛道：「兄弟儘管說。」牛皋說：「請大家好好對待昨天和我一起上山的三位兄弟，拜託了！」眾將含淚答道：「絕不會虧待他們。吉人自有天相，牛兄弟一定會回來的！」

牛皋告別了大家，自知此行九死一生，獨自下山後抹了一把眼淚，心裡嘀咕：「可不能被人看到，會讓人笑話我怕死的。」

牛皋抵達金營，見到了兀朮。兀朮上下打量了一番，倒沒有認出牛皋，只是覺得他的這身打扮十分滑稽。

牛皋見兀朮坐在高位上，便道：「我奉岳元帥之命，來下戰書，請下來見禮。」

兀朮怒喝：「我乃金國太子，你這南蠻不下跪，怎反叫我與你見禮？」

牛皋不慌不忙地回答：「我今天來這裡下戰書，是天子的使臣，應該行賓主相見之禮，怎麼能向你屈膝？我牛皋豈是貪生怕死之徒、畏箭避刀之輩？今日既來，就沒有想著要活著

回去。」

兀朮道：「將軍果然是個不怕死的好漢，也罷，就下來與你見禮。」

牛皋道：「這才算個英雄！下次和你在戰場上，要多戰幾回合了。」

兀朮道：「牛將軍，有禮。」然後接過戰書看了，在後批著「三日後決戰」，交給牛皋。

牛皋又說：「我難得來，也該賞些酒喝呀！」

兀朮道：「可以，為壯士備酒。」

牛皋酒足飯飽後，謝過兀朮，回到牛頭山。眾將又驚又喜，都出來迎接，見他毫髮無損，鬆了一口氣。

★　　★　　★

三天後，兀朮帶領大隊人馬出戰。岳飛讓眾將士嚴陣以待，自己則騎上馬，衝出陣來。兩軍對峙，兀朮叫道：「岳飛，你們已經被團團包圍，何不早日投降，交出康王，我饒你不死！」岳飛呵斥：「爾等犯我疆土，擄我天子，塗炭生靈，看我殺盡你們！」說著策馬向前，舉槍刺向兀朮，兀朮也提斧應戰。兩人槍來斧去，十來個回合，不分上下。金兵和宋軍短兵相接，戰況激烈，血流成河。岳飛擔心驚動了聖上，便虛晃一槍，轉身回山去了。

高寵掌管著三軍司令大旗，他站在高處，看到元帥和兀朮交手沒多久就撤退了，心裡著急，就找來張奎，讓他幫忙掌旗，自己上馬朝兀朮衝去。兀朮見岳飛退了，心裡正得意的時候，高寵突然一槍，殺他個措手不及。兀朮用斧擋了一下，還是招架不住，只得把頭一低，又被高寵擊中頭盔。他大叫一聲，轉身就跑。

高寵正要去追，突然看到西南坡的小山上，有一個看似屯糧草的營房。高寵心想：「常言道：糧乃兵家之性命。我何不趁敵人毫無防備，燒掉他們的糧草呢？」

把守糧草的金兵看到高寵衝來，慌忙報告，金將哈鐵龍便下令把藏在山坡上的鐵華車推出去。這鐵華車呈圓桶狀，周身帶著無數鋼刺，每輛都有幾百斤重。眾金兵順著山坡，將鐵華車一輛接著一輛對準高寵推下去。

高寵突然見到這些龐大的鐵傢伙急速滾來，不及躲閃，運勁用槍一挑，將它挑過身去。高寵一連挑了十一輛鐵華車，見第十二輛轆轆而來，又是一槍，誰知座下那匹馬已筋疲力盡，口吐鮮血，跪倒下來，把高寵掀翻在地。這輛幾百斤重的鐵傢伙就這麼直接從高寵身上輾了過去。

為了奪回高寵的遺體，眾將皆不惜捨命衝入敵陣。兀朮嘆道：「岳飛兄弟都是重情義之人，這麼打下去，不知還要犧牲我們多少兵馬呀！」軍師哈迷蚩說：「臣有一個計策，可以不費吹灰之力就讓岳飛投降。」兀朮不解，哈迷蚩又說：「臣託人打聽到，岳飛的一家老小住在湯陰，且岳飛最是敬重母親。我軍可出其不意，悄悄引兵去將他的家屬綁來，不怕岳飛不聽擺布。」「絕妙之計！」兀朮聽完大喜，等不及天亮，就派元帥薛禮花豹帶領三千人馬前往湯陰。

再說岳府上下一百來口人，在岳母的管理下生活得和諧安逸。岳飛長子岳雲已是十二歲的少年，長得一表人才，威風凜凜。由於天資聰穎，小小年紀便已熟讀兵書。此外，他還喜歡練武，弓劍槍棍樣樣精通，不愧為將門虎子。岳母對這個孫子亦愛如珍寶。

★　★　★

前些時日天氣酷熱，岳雲帶了兩名家將出城打獵。忽然間烏雲密布，風雨交加。岳雲只好躲進一座破廟裡，靠著牆不知不覺就睡去。

岳雲醒來聽到一陣兵器撞擊聲，走出門外察看。只見外面坐著一位將軍，青臉紅鬚，高大威武，兩邊站著十來個差役，看中間兩人舞錘。當二人舞到精彩處，岳雲情不自禁大叫：「太厲害了，真是天下無雙！」

青臉將軍這才發現岳雲，大聲呵斥：「何人在此偷看？快報上名來！」岳雲忙上前鞠躬施禮道：「晚輩是岳飛之子，名叫岳雲，在此避雨。適才看見兩位師父錘法高超，忍不住叫好，驚動了將軍，還望多多包涵。」青臉將軍點了點頭說：「平時就聽說你父親驍勇善戰，殺了無數金兵，今日有幸見到其子，果然也是相貌堂堂。」岳雲恭敬地說：「將軍過獎了。」青臉將軍喊道：「雷將軍，快把雙錘功夫傳給岳雲吧！來日建功立業可派上用場。」

岳雲趕忙道謝，然後跟著雷將軍舞了一回雙錘，很快便記住其中招式。正練得高興，突然有人把他推醒，才知道方才只是一場夢。

家將說：「公子，天已放晴，時辰也不早了，我們回去吧！」岳雲站起身，看到主牌位上寫著「敕封東平王睢陽張公之位」，旁邊兩個牌位上分別寫著「雷萬春將軍之位」和「南霽雲將軍之位」。原來，此處是平定「安史之亂」的大功臣張巡的祭廟。岳雲暗暗許下心願：「將來定要修整廟宇，重塑金身。」然後拜了三拜，出廟回家。

隔日，岳雲讓家將打造兩柄銀錘。家將先打了一對三十斤的，岳雲嫌太輕；又打了一對五十斤的，岳雲還是嫌輕；直到打了一對八十斤的，岳雲才點頭稱好。從此，岳雲每天練錘，不到半個月，就把那日在夢中所學的錘法掌握得爐火純青。

岳雲也時常去看劉都院操練兵馬。一天，岳雲詢問劉都院是否知道岳飛最近行軍至何處，劉都院知道岳雲想助父殺敵，也知道岳母擔心孫子私自離家上戰場，就隨口說道：「最近沒有岳元帥的消息，等有人捎信來，再告訴你吧！」

岳雲知劉都院不願說，只好謝過告辭。他走到衙門口，看到大鼓被人打爛了，非常納悶，便問：「這鼓是怎麼回事？怎麼不換一面新的呢？」守門的家將答道：「岳老爺被困在牛頭山上保駕，派牛將軍來催糧草，將軍性急，直接用鐧擊鼓，就把它打爛了。我家老爺不肯換，要留此故跡，使人曉得你家老爺赤心為國。」岳雲聽得明白，故意不動聲色地說：「牛叔叔做事總是風風火火的。」

第二天，岳雲正想去辭別老太太，前往牛頭山殺敵，卻見家將來報：「稟告老太太，不遠處有一大隊金兵，來者不善。」老太太吃了一驚

道：「這可如何是好呢？」岳雲大叫一聲：「奶奶、母親，你們別怕，快通知劉都院，我先去殺敵。」說完，披了盔甲，提了新打的雙錘，坐上戰馬，帶著一百多名家將出戰了。

岳雲沒走多遠，就遇見金兵，他大聲叫道：「你們可是要去岳家莊？還不快來受死！」薛禮花豹見對方只不過是個小孩，心裡暗自高興：「岳家果真沒人了，竟然只能派個小孩出來，太好對付了！」於是滿不在乎地說：「小南蠻是何人，敢擋我道？」岳雲說：「我是岳飛的大公子岳雲，辛苦你大老遠趕來送死了！」薛禮花豹聽了，忍不住哈哈大笑：「真是得來全不費功夫，要捉的就是你！」他正要動手，哪知岳雲出手更快，策馬衝上前，手起錘落，瞬間就把薛禮花豹的天靈蓋打得粉碎。

金兵沒想到岳雲如此厲害，全都愣住了。這時，劉都院的兵馬趕來，和金兵殺成一團。失去主帥，再加上連日趕路的疲憊，導致金兵全軍覆沒。

劉都院和岳雲一起回去報喜。慶功宴席上，岳雲告訴老太太，決定去救援圍困牛頭山的父親。岳母深知孫子的倔脾氣，終於答應，準備過幾天讓家將陪他一起去。岳雲認為這次救援十萬火急，因此悄悄收拾行囊，趁著夜色偷偷起程了。

第七章　人才輩出

岳雲走了四天四夜，卻沒遇到任何金兵。他問了一個樵夫，才知自己走錯方向，急忙順著樵夫的指引，抄近路朝牛頭山趕去。

走了十幾里山路，忽然聽見馬嘶聲。只見山林裡拴著一匹好馬，渾身毛色赤紅發亮，馬鞍馬轡齊全。岳雲看自己的馬連日奔波，就快走不動了，心想：「真是老天幫忙，賜我一匹寶馬。如果我將馬換了，就能早日去見爹爹了。」

正想著，突然聽見一陣吆喝：「捉住了，你這畜生！」岳雲抬頭一看，只見山崗上一個十多歲的孩子，拖住一隻老虎的尾巴。

岳雲心想：「這小鬼膽子可真大，將來肯定是位英雄豪傑。這匹好馬可能就是他養的，我得想個方法把馬要過來。」於是岳雲叫道：「小兄弟，這隻老虎是我養的，快還給我，別傷著他。」

那孩子聽了，爽快地說：「既然是你養的，那就還給你，接著！」說完，便把老虎丟下山崗。

沒想到用力過猛，老虎竟被摔死了。岳雲一看，說：「這是我家的虎，你得賠我一隻。」說完，又把老虎扔了上去。那孩子看對方力大無比，就提著老虎走下山崗，對他說道：「我現在賠不了，改天我再捉一隻還你，怎麼樣？」岳雲裝作傷心的模樣，說：「這老虎是我養大的，你要怎麼賠我一模一樣的？」那孩子便問：「那你說，要怎麼賠？」岳雲說：「算我倒楣，你把那匹馬賠給我，我就不再和你計較。」那孩子笑道：「原來你是想拐我的馬！這老虎分明是在山中長大的，你一個過路人，要怎麼養牠？」岳雲說：「小兄弟果然聰明！不過，我想借用你的好馬。」那孩子從青草堆內拿出一口青龍偃月刀說：「可以，只要你能贏了我手上這把刀，我就把這匹馬送給你。」岳雲說：「太好了，一言為定！」

兩人在山坡上一個耍刀，一個舞錘，大戰四、五十個回合，卻分不出勝負。岳雲心想：「真看不出這個小孩有如此本領。」天黑了，那孩子說：「先停下，天色已晚，我得回去吃飯，這把寶刀先押在你那裡，我們明天再繼續打。」說完，騎著赤兔馬走了。

岳雲無處投宿，只好在林中過夜。到了晚上，寒冷難耐，他就隨手扯來死虎當被子蓋。恰巧鄰近莊上有位員外路過，還以為是老虎在吃人，嚇了一大跳。他壯著膽子上前一看，原來是一名少年抱著死虎睡覺。

員外叫醒岳雲，問道：「小客官，你怎麼會在這睡覺呢？」岳雲把事情的經過說了一遍，員外聽完，看了一眼岳雲手裡的寶刀，就知道和他比武的正是自己的外甥關鈴。員外又好奇地問：「公子尊姓大名，要趕往哪裡呀？」岳雲答道：「我叫岳雲，是湯陰縣岳飛的兒子。」

員外一聽，趕緊把岳雲請到莊上，盛情款待。岳雲說：「多謝老丈款待，請問尊姓大名？」員外道：「姓陳名葵，和你比武的是我外甥關鈴，其父原是梁山泊好漢『大刀』關勝。」說完便叫莊丁請關鈴過來，向他介紹：「這位就是岳元帥的大公子岳雲。還不快來見禮！」關鈴問：「你真的是岳公子嗎？大哥為何不早說呢？」兩人相談甚歡，最後決定結為兄弟。關鈴比岳雲小兩歲，於是拜岳雲為兄長。第二天，關鈴將赤兔馬送給岳雲。岳雲向關鈴道謝，收下了赤兔馬，繼續趕路。

岳雲騎著快馬，來到一個林木叢生的山崗。艱難行走之間，赤兔馬踏進了陷坑，「轟隆」一聲，連人帶馬跌進坑內。只聽兩邊銅鈴一響，樹林內伸出幾把撓鉤，向岳雲刺來。岳雲大吼一聲，赤兔馬猛然一躍，跳出陷坑。岳雲舞動雙錘擋開撓鉤，打散那幫設置陷阱的土匪之後，拍馬離開。

天色漸暗，岳雲在一個名叫鞏家莊的地方休息。那天晚上，一夥強盜來搶莊主女兒，岳雲一錘打死了強盜首領。一眾嘍囉見頭目已死，嚇得四散逃走。

莊主鞏致連忙問道：「這位恩公，救我一門性命，不知道尊姓大名？」岳雲說：「我是岳元帥的長子岳雲。」鞏莊主聽了，連稱：「失敬！」然後吩咐僕從備酒席招待，說：「今天要不是公子相救，我一家性命難保，卻無以報答。我們夫妻只生了一個女兒，今年十四歲，我想把她許配給你，不知公子意下如何？」

岳雲紅著臉說：「婚姻乃終身大事，需要回去稟告父母，才能決定。」鞏莊主道：「公子說得有理。請公子留一件信物給小女，待稟明父母再來迎娶，如何？」岳雲想了想，從身上取出十二文金太平錢，遞給鞏莊主說：「這是小時候祖母送我的壓驚之物，可以暫時作為信物。」鞏莊主欣然收下。

隔天，岳雲告別鞏莊主一家，騎上赤兔馬往牛頭山奔去。

★ ★ ★

粘罕聞報：岳飛之子岳雲一錘打死薛禮花豹。他嘆息道：「沒想到岳飛的兒子，小小年紀武功就如此了得，我們可是偷雞不著蝕把米了。」兀朮說：「岳雲得知父親在牛頭山，過些天肯定會趕來助陣。」

正在此時，金兵又報：「二殿下完顏金彈子到。」一個黑臉大漢走了進來。原來此人是粘罕的二兒子，擅長使用兩柄鐵錘，有萬夫不當之勇。金彈子說：「老王爺時常惦念，哪天能拿下岳飛，捉了康王，平定中原。」兀朮道：「岳家軍的確厲害，一時難擒。」金彈子便說：「王叔，侄兒看天色尚早，想去領教一下岳家軍虛實，再回來吃酒飯！」兀朮心想：「他還不曉得岳家軍的厲害，讓他見識一下也好。」就派金彈子前去叫陣。

岳飛聞報，問眾將：「誰敢迎敵？」牛皋第一個請命，奔下山來大叫：「那個拿錘子的黑小子，快報上名來！」金彈子道：「我是金國二殿下完顏金彈子！」牛皋哈哈大笑道：「管你是金彈子還是銀彈子，今天牛爺爺要把你打成肉彈子！」說著，就舉鐧打過去。那金彈子一錘架開鐧，一連三、四錘，打得牛皋兩臂酸麻，抵擋不住，只能策馬回山。

岳飛率眾將在半山看得清楚。見牛皋不敵對方，余化龍說：「讓我去捉他吧！」岳飛叮囑：「千萬小心！」余化龍領命衝下山來。金彈子問：「來的南蠻是誰？」余化龍答道：「我是岳家軍大將余化龍！」金彈子說：「不要逃，受死吧！」舉錘打了過去。大戰十幾個回合後，余化龍見打不過對方，只得返回山上。董先見了大怒：「看末將去拿他！」說罷，拍馬下山和金彈子相鬥，但不到七、八個回合，董先就招架不住，逃回山上。

岳飛無可奈何，只能命人掛出免戰牌。金彈子見岳飛不願出戰，持續大罵叫陣，岳飛只得連掛七道免戰牌。兀朮聞報，派人請金彈子殿下回營。

此時，岳雲趕到牛頭山下，揮著雙錘衝進粘罕營裡，如入無人之境，很快就殺進半山之中，卻看到那七道免戰牌，心想：「太奇怪了！我進出粘罕營皆無勇將抵擋，怎麼我們卻掛起了免戰牌？一定是哪個膽小之人瞞了爹爹偷掛的，這不是在侮辱我岳家軍嗎？」他愈想愈火大，舉起雙錘，將七道免戰牌打得粉碎！

岳飛正坐在帳中，忽有宋軍來報：「岳公子到了。」

岳飛說：「叫他進來。」岳雲進帳跪下說：「爹爹，孩兒上山時，看到有人掛了七面免戰牌，不知是誰瞞著爹爹掛上的，要壞我岳家軍的體面。孩兒已經將它們打碎了，希望爹爹查出掛牌之人，軍法處治。」

岳飛大喝道：「逆子！這牌子是我讓人掛的，你竟敢打碎，違我軍令！」於是命令左右：「把岳雲綁去砍了！」眾位將領一起上前求情：「公子年輕性急，求元帥原諒。」岳飛說：「眾位將軍，我自己的兒子不用軍法處治，怎能讓百萬將士信服呢？」

牛皋說：「元帥掛免戰牌是因為那金彈子驍勇善戰，無人能敵。公子初到營中，不知曉此事，才會把牌子打碎。現在如果把公子斬首，一是失了父子之情；二是兀朮未擒，先斬大將，對軍隊不利；三則是如果讓外人知曉岳將軍因兒子打碎了免戰牌，殺了兒子，豈不被人們笑話！不如讓公子向金彈子挑戰，如果得勝回來，將功補過；如果失敗了，再軍法處治也不遲。」

岳飛問：「你肯保他嗎？」牛皋說：「末將願保。」岳飛說：「寫保狀來！」牛皋道：「我是不會寫字的，請湯懷哥代我寫吧！」湯懷就代他寫了保狀，牛皋畫押。岳飛收下保狀，吩咐軍士為岳雲鬆綁，再令牛皋領著岳雲前去迎戰。

牛皋領命，出營後看到探子正要進營報事，忙問：「何事報告？」探子說：「完顏金彈子叫陣，正要去告知元帥。」牛皋便對岳雲說：「侄兒，今天你和金彈子交戰，如能得勝最好；但如果輸了，你就打出金營，逃回家去見老太太，自然會平安無事的。」岳雲點頭稱謝。

岳雲拍馬衝下山來，金彈子大喝道：「來將報上名來！」岳雲說：「我是岳元帥的公子岳雲。」金彈子說：「我正要捉你，你倒是自己送上門來了！」舉錘打過去，岳雲提錘便迎。只見一個銀錘擺動，銀光閃閃；一個鐵錘舞起，黑氣瀰漫。二人大戰四十多個回合，不分勝負。岳雲心想：「這個金彈子果然厲害，怪不得爹爹掛了免戰牌！」戰到八十餘回合，岳雲漸漸招架不住。

牛皋在一旁看得焦急萬分，大叫一聲：「侄兒不要放走他！」那金彈子還以為是兀朮在後面叫他，回頭觀看，結果被岳雲一錘打中肩膀，從馬上摔了下去。岳雲立即拔劍上前取了他的首級，然後和牛皋一起回營去見岳飛。岳飛因此赦免岳雲，並讓人把金彈子的首級掛在營前。

那些金兵只得將一具無頭屍首帶回營去。金營眾將見了，都放聲大哭。粘罕更是哭得暈過去幾次，神情恍惚。兀朮命木匠雕了個木人頭代替，一起裝進棺材裡，送回金國安葬。

岳飛堅守牛頭山數日，各路勤王兵馬紛紛趕來：宋朝元帥張浚，領兵六萬；順昌元帥劉琦，領兵五萬；四川副使吳氏兄弟，領兵三萬；還有定海、象山、九江、藕塘關、湖口等地總兵帶領大隊人馬，共計三十多萬，在牛頭山的四面安營，團團圍住金兵，聽候岳元帥調遣。

韓世忠聽說高宗在牛頭山，就和夫人梁氏、兒子韓尚德、韓彥直從家鄉起兵，一路收服義兵十萬人，由水路而下。到了漢陽，將兵船停好，差遣二公子韓彥直先上牛頭山，晉見高宗。過後，高宗傳旨：「韓世忠夫婦官復原職，率軍截兀朮退路。」韓彥直告辭回營，由岳雲相送。二名小將合作，一同衝出金營，感覺彼此意氣相投，最後結拜為兄弟。

一天，岳飛下令施放大炮，領兵下山與金人決戰。一時間炮聲轟鳴，殺聲不絕，「岳」字帥旗飄揚。各路勤王兵馬聽到炮聲，從四面八方殺過來，兀朮忙率大小將領迎戰。這場大戰從早上一直打到黃昏，兀朮的五十萬大軍死傷了四十幾萬，粘罕也在混戰中身亡。兀朮看大勢已去，只好往長江奔逃。

韓世忠率水師八千在鎮江截其歸路。梁夫人說：「兀朮戰敗，他們的糧草不多，必然急著回到老巢，今夜一定會來搶渡，恐怕他們將兵分多路，一面和我們交戰，一面渡江，使我們無法顧及。倒不如你、我二人分成兩個大隊，將軍和兩個孩兒帶領戰船，分調各營四面截殺。我帶領中軍水營，安排守禦。如果他們來攻，我只用火炮弓箭遠距防守，不和他交戰。他見我按兵不動，必然急忙渡江。我會事先在中軍大桅頂上立起鼓樓，並親自登樓擊鼓，鼓聲響起則前進，鼓聲停止則防守。樓上豎一杆白旗，各將領看白旗為號。金兵往南，白旗指南；金兵往北，白旗指北。將軍和兩個孩兒協同副將，領兵八千，分為八組，都以桅頂上的鼓聲為號，以白旗指向截殺。一定將金兵殺個片甲不留，再不

敢窺視中原！」韓世忠聽了，大喜道：「夫人神機妙算，賽過諸葛孔明啊！」

夫婦二人商議完，分頭準備去了。梁夫人布置鎮守中軍的兵將，並把白旗裝上繩索，用大鐵環繫住。韓世忠把戰船編為八組，再分為八八六十四隊。

待一切布置妥當後，梁夫人在中軍大桅頂上立起鼓樓，並命令家將專管白旗，自己則踏著雲梯，爬上桅杆最頂端，離水面有二十多丈高。只見金營裡的人馬，變得如螞蟻般大，動靜一目了然。而韓世忠和二位公子則分頭伺機而動。

再說兀朮怕糧草不多，己方堅持不了多久，因此命令眾金兵於三更做飯、四更拔營、五更過江。眾人皆想盡快過江，一個個磨刀備箭。四更以前，眾人吃飽喝足。趁著夜色，也不鳴金吹角，只以胡哨為號，三萬金兵悄悄駕著五百艘戰船，朝宋軍焦山大營進攻。

韓世忠夫婦率軍守候多時，他們早已搭好炮臺、架起弓弩，做好交戰準備。當金兵戰船靠近宋軍大營、一齊吶喊時，宋營竟全無動靜。兀朮正驚疑未定，忽然聽到一聲炮響，箭如落雨般射下，又有轟天大炮打來。金兵戰船立刻被打得七零八落，兀朮慌忙下令轉舵，尋路逃去。

梁夫人站在中軍大桅上看得清清楚楚，急促地擂起戰鼓。鼓聲如雷鳴，白旗上掛起燈球：兀朮向北，旗向北；兀朮向南，旗向南。韓世忠和二位公子率領戰船照著白旗指向截殺金兵，韓尚德從東殺來，韓彥直從西殺來。三面夾攻，兀朮哪裡招架得住，金兵傷亡不計其數。兀朮無路可走，只得退往黃天蕩。梁夫人在大桅頂上看見了，把那戰鼓敲得更急促了。

黃天蕩是江裡的水港，兀朮將船開入水路，希望可以藉此靠岸，改走陸路逃生，哪曉得這是一湖死水，無路可通。韓世忠見兀朮敗進黃天蕩，欣喜若狂，舉手對天道：「聖上真是洪福齊天！只要把入口守住，看他能往哪裡跑？用不了幾天，糧草用盡便會餓死在裡面！」於是立即傳令兩個兒子，一同守住黃天蕩入口。

再說兀朮逃進黃天蕩後差人問路，看到兩艘漁船，便好言向漁戶問道：「我是金國四太子，因兵敗至此，不知出路，煩你指條路，我會重重謝你！」漁戶說：「這裡叫黃天蕩。河面雖大，卻是一條死港，只有一個入口，並無出路。」

兀朮聽了，才知道誤入死路，因此非常害怕。他賞了漁戶銀兩，和眾將商議：「如今韓南蠻守住入口，又無其他出路，可怎麼辦才好？」軍師哈迷蚩說：「現在情況危急，大王不如寫一封信給韓世忠，用厚禮求和，看他肯還是不肯。」兀朮聽了，趕忙寫好信，差小兵送往宋營。

有官上報韓世忠，韓世忠傳令進來。小兵走進營帳，跪下叩頭，呈上書信。韓世忠打開一看，上面寫著：「情願求和，永不侵犯。進貢名馬三百匹，買條路回去。」韓世忠看罷，哈哈大笑道：「這兀朮把本將當做什麼人了！」當即寫下回書，又割去小兵耳鼻，讓他回去稟報。

又過幾天，韓世忠發現黃天蕩裡毫無動靜，追進去一看，發現一個金兵都沒有了。原來，兀朮得人相報：「黃天蕩往北十餘里就是老鸛河，舊有河道可通，日久淤塞，黃天蕩才變成了死港。何不令軍士掘開泥沙，引水通河？可直達建康大道！」餘下的兩萬金兵一齊動手，只用一個晚上就掘開河道，通到老鸛河，然後拋棄戰船，上岸往北逃走了。韓世忠暴跳如雷道：「罷了！罷了！都怪我大意！」

第八章　腹背受敵

金兵此番傷亡慘重，暫時不敢入侵中原，岳家軍勝利班師回朝。但高宗無心進取，決定遷都杭州臨安。李綱主張回汴京，但見高宗主意已決，便乞求告老還鄉，高宗馬上准奏。李綱也不通知眾朝臣，連夜趕回鄉去了。

岳飛聽說此事，又收到母親病危的通知，也決定還鄉。高宗一樣批准了。而後，眾將也紛紛稟告高宗，想回鄉去看看家人，高宗便賜給他們金銀，讓他們能夠衣錦還鄉。

高宗怕韓世忠回來，也要反對他遷都，就傳旨封韓世忠為咸安郡王，留守潤州，不必晉見。

高宗擇吉日起駕，南遷臨安，史稱「南宋」。等到了臨安，苗傅、劉正彥二人迎接聖駕入城，送進新造的宮殿。高宗看到宮殿造得精巧漂亮，十分歡喜，便傳旨改為紹興元年，並封苗、劉二人為左右都督。

岳飛回到家鄉以後，岳雲就和鞏家莊的小姐履約完婚。一家人團圓，其樂融

融。只是岳母生了重病，藥石罔效，不久後便撒手人寰。岳飛懷著悲傷的心情，在家為母親守孝。

再說兀朮逃回金國後，進黃龍府拜見父王，阿骨打說：「我大王子死在中原，王孫金彈子陣亡，七十萬雄兵全軍覆沒，你還有什麼臉面來見我！給我綁出去，軍法處置！」

軍師哈迷蚩忙跪地啟奏：「大王！非四太子無能，而是岳飛足智多謀。八盤山戰敗，青龍山戰敗，渡黃河至愛華山戰敗，被岳飛追到長江，死了多少兵將，才逃命過江，回守河間府。等到岳家軍派駐湖廣，定計五路進攻中原。臣同四太子兵臨黃河，有劉豫、曹榮等來獻長江。兵到金陵，追康王等七人七騎，直到杭州。他們君臣下海逃命，四太子率大軍追到湖廣，將高宗圍困在牛頭山。卻有岳飛、韓世忠、張浚、劉琦四人率大軍救駕，我軍敗退到長江邊，將士幾乎被宋軍殺盡。好不容易過江，又和韓世忠打起水仗，被逼到黃天蕩。幸虧有神明相救，我軍掘開河道，方能逃生。求大王開恩哪！」阿骨打聽完，這才下令赦免兀朮。

但是兀朮沒有一天不想取得中原。一天，他召軍師哈迷蚩前來商量：「我們剛去中原的時候，勢如破竹，因康王、以二帝為人質。後來是因為有了這岳飛和岳家軍，才導致我們大敗，是為什麼呢？」哈迷蚩說：「我們當初之所以順利，還多虧有宋朝奸臣的幫助。但是，四王子素來只喜忠臣，看不起奸臣。」兀朮想了想，說：「軍師說得不錯，我們先前的勝利，的確是多虧那幫奸臣。如今我要用這樣的奸臣，不知道去哪裡找好呢？」

哈迷蚩說：「奸臣還有一個人選。當初共有五人跟隨二帝來此，其中四人都是錚錚鐵漢，不屈而死，只有一個叫秦檜的，乞憐求活，是以四王子驅逐了他。我看此人乃是大奸臣，您可差人把他找來，養在府中，給他些恩惠，一年半載他必會感激。再多送些金銀讓他回國，使其成為我們在宋朝的奸細，這宋室江山便是囊中之物了。」兀朮聽了說：「真是好計策！」隨即差小兵四處尋覓秦檜的下落。

再說秦檜夫妻被趕到賀蘭山下的草營內，服侍看馬的小兵。後來那個小兵死了，兩人便流落在山下的一頂破牛皮帳篷裡，靠妻子王氏給小兵們縫補漿洗衣物，秦檜夫妻才勉強能夠糊口。

兀朮找到秦檜，讓他做了自己的參謀，又騰出一間屋子，供秦檜夫妻居住，每天以酒肉款待，此外，也經常送些金錢、衣服給二人。不知不覺中，過了一載有餘。

某天，兀朮問秦檜夫妻：「你們可想回家？」秦檜夫妻忙說：「幸得大王十分照顧，我們又怎會想回家呢！」兀朮說：「如果你們思念家鄉，我可以送你們回去。」秦檜就說：「如能讓臣回去祭拜祖墳，不勝感激。」兀朮道：「這有何難？但是你須先到五國城，拿了二帝的詔書，才能進得中原關口。」秦檜大喜，來到五國城，找二帝求來詔書。

次日，兀朮親送秦檜夫妻回國，臨別前請二人在帳中飲酒。喝完酒，秦檜起身告辭，兀朮道：「若卿來日飛黃騰達，休忘了我呀！」

秦檜忙說：「如果有得勢的一天，臣夫妻二人情願把宋朝江山送給大王。」兀朮道：「卿若真有此心，何不對天發誓？」秦檜就地跪下，發誓：「皇

天在上，后土在下，我秦檜若忘了大王的恩德，不將宋朝江山送給大王，後患背疽而死！」兀朮道：「愛卿何必認真？日後若有要事，命人來通知一聲，我定會照應。今日就不遠送，你們一路保重！」秦檜夫妻於是拜別兀朮。

二人來到南宋邊關，和守關將士說明情況。總兵問清來歷之後，便放他二人進關，又差人送他們去臨安。高宗傳旨宣秦檜進金鑾殿，秦檜啟奏：「二聖有詔書給陛下。」高宗聞言，連忙接承詔書，然後說道：「你將二聖的消息傳給我知道，真是太好了。你們夫婦保護二聖，想必吃了很多苦，但仍義節不改，實為難能可貴，今封你為禮部尚書，封王氏為二品夫人。」秦檜謝恩退朝。

此時是南宋紹興四年初秋。

★　★　★

紹興十年，兀朮率六十萬大軍再次進犯中原，被岳家軍大敗於朱仙鎮，金兵驚呼：「撼山易，撼岳家軍難！」兀朮最後只剩下五、六千兵馬，急得想拔劍自刎。軍師哈迷蚩忙攔住說：「大王何必輕生，勝敗乃兵家常事。待我悄悄去臨安找秦檜，讓他尋機陷害岳飛，何愁得不到宋朝江山呢？」兀朮大喜道：「我這就寫一封信，你帶去給他。」信寫完後，折成小紙條，外面用黃蠟裹起來，做成一個蠟丸。

哈迷蚩把蠟丸藏好，告別兀朮，悄悄前往臨安。

朱仙鎮一戰後，岳飛在金牛嶺紮營，犒勞將士。他一面寫奏章報捷，一面催備糧草，收拾衣甲，整裝待發。

哈迷蚩打扮成漢人模樣，來到臨安。他打聽到秦檜夫婦在西湖上遊玩，就趕緊找去。見秦檜正在蘇堤邊的遊船上和夫人王氏對飲，哈迷蚩就高聲叫道：「賣蠟丸！賣蠟丸！」

王氏聽賣蠟丸的叫聲不停，朝岸上一看，驚訝地悄聲對秦檜說：「相公，那不是哈迷蚩軍師嗎？」秦檜抬眼望去，說道：「正是他！」便吩咐僕從叫賣蠟丸的上船來。

秦檜問道：「你賣的是什麼蠟丸？能醫得我的心病嗎？」哈迷蚩說：「我這蠟丸專治心病，蠟丸裡面附有妙方。但要及早醫治，晚了就危險了。」秦檜說：「把蠟丸留下，我照方服藥就是。」然後賞他十兩銀子。哈迷蚩會意，當即動身回去給兀朮報信。

秦檜打開蠟丸，看見兀朮的親筆信，令他早日謀害岳飛。秦檜把信遞給王氏，說：「四太子要我謀害岳飛，我該怎麼做呢？」王氏說：「相公官居宰輔，職掌群僚，這些小事有何難處？目前不如拖延發放糧草，讓他收兵，暫回朱仙鎮養馬，然後再想辦法謀害他父子倆。」秦檜大喜道：「夫人足智多謀，真是我的好軍師，就照你說的辦！」

再說岳飛和眾將在營帳中商議調兵遣將，直搗黃龍府，接二聖回朝。他正想派人回京催備糧草，好早日掃北，忽然有聖旨到，讓岳飛率軍暫回朱仙鎮歇息養馬，等到秋收後糧食充足，再商量發兵。

送走欽差，眾將回到營帳中。韓世忠說：「眼看就要大功告成，朝廷卻不發糧草，還將我們召回朱仙鎮，這不是功虧一簣嗎？定是朝中奸臣主張議和，我們不能就這樣輕易撤軍！」岳飛說：「我們如果出兵，那是違逆聖上旨意，成為不忠不孝之人，而這樣的人又如何能號令三軍呢？」於是，各路兵馬只得回到朱仙鎮，等待秋後進軍。

岳飛又叫來岳雲，暗自吩咐道：「如今奸臣當道，主張議和賣國。朝廷聽信讒言，希望苟安於臨安。你可和妹夫張憲回家看望你母親，並教導你的兄弟武藝。若之後需要你們相助，我再命人通知你們。」岳雲聽從他的安排，拜別岳飛後，和張憲一同回到家鄉。

一天，岳飛正和眾將閒談，忽報有聖旨到。岳飛領旨，卻是命令他在朱仙鎮屯田養馬，其他元帥、將軍則各回各處，聽候調遣。

岳飛於是專心在朱仙鎮操練兵馬，進行軍墾，等待北伐旨意。沒想到秦檜主張議和，使臣已往返金國好幾回了，總是談不好條件。眼看著冬去春殘，又是夏秋時節。

岳飛正坐在營帳中看兵書，忽報有聖旨到。岳飛連忙接旨，卻是宋金和議已談成，召岳飛進京，加封官職。

岳飛對眾將領道：「聖上命我進京，怎敢抗旨？我此次單獨面聖，會向聖上請求掃北之事。但奸臣在朝，若是聖上執意求和，此去怕是凶多吉少。眾兄弟定要同心協力，為國家報仇雪恥，迎二聖還朝，那麼，我岳飛就是死也

無憾了！」正在說話的時候，聽見門外又有人來報，只見一名內使捧著金牌，到軍前來催岳飛速速進京。岳飛慌忙起身，又報有金牌來催。過不了多久，岳飛又一連接到十道金牌。

岳飛沉默不語，走進營帳，叫來施全、牛皋二人說：「二位賢弟，我把帥印交給你們，還請賢弟們暫時執掌軍中大事。」說完後，岳飛轉身出去點了四名家將與他同行。

眾將士都到營前跪送岳飛，他好言安慰一番，便上馬走了。

一路上，朱仙鎮的百姓扶老攜幼，頭頂香盤，挨挨擠擠，眾口同聲挽留岳元帥，哭聲震天。岳飛揮淚對眾百姓說：「大家不必如此！聖上連發十二道金牌召我，我又怎敢抗違君命！況我不久便會歸來，掃清金兵，給大家安寧的生活。」眾百姓無奈，只得眼睜睜地看著岳元帥出發。

岳飛和王橫帶著四名家將，離開朱仙鎮，前往臨安。當他們來到瓜州，早有驛官接到消息上前迎接。待眾人至官廳坐定，驛官上前稟告：「揚子江風狂浪大，如今天色也晚了，等明天風浪變得小一些，下官再準備船隻，送元帥過江吧！」岳飛向他道謝：「既然如此，我們就在此休息一晚，辛苦大人了。」驛官連忙去準備晚飯，請岳飛等人用了，再將岳飛送到上房休息。而王橫和其他幾名家將則在外廂房待一晚。

第二天，眾人橫渡長江，抵達京口，岳飛上岸騎馬，轉頭吩咐家將：「我們悄悄經過，不要驚動韓元帥，免得又要耽擱時間。」之後幾人快馬加鞭經過鎮江，繼續朝丹陽大路前進。等到韓世忠聽到岳飛經過的消息時，他們早已走出二十多里，追也追不上了。

岳飛花了兩、三天的時間才抵達平江，忽見對面禁衛軍指揮馮忠和馮孝，帶領二十名校尉向他們走近。馮忠問道：「前面來的，可是岳元帥？」王橫上前答道：「正是元帥。你們是什麼人？有何要事？」馮忠說：「聖旨在此。」岳飛一聽，慌忙下馬接旨。

馮忠、馮孝宣旨：「岳飛官封顯職，不思報國；反按兵不動，克減軍糧，縱兵搶奪，有負君恩。命錦衣衛扭解來京，候旨定奪。欽此！」

岳飛剛想起身謝恩，只見王橫睜大眼睛，雙眉倒豎，掄起熟銅棍，大喝一聲：「住手！我王橫跟隨元帥征戰多年，別的功勞不說，光是去年的朱仙鎮百萬金兵，就是我們拾命爭先，殺他片甲不留，怎麼反而要拿元帥？哪個敢動手，先吃我一棍！」岳飛忙說：「王橫！這是朝廷旨意，你怎敢違抗，讓我背上不忠之名！」

王橫跪下哭道：「元帥難道就這樣任憑他捉去不成？」馮忠見此情景，提起腰刀就砍向王橫，命中王橫腦袋，眾位校尉也一齊上前。可憐王橫半世豪傑，卻被亂刀砍死。四名家將見狀，立刻上馬，乘亂溜走報信。

岳飛止不住淚水，對馮忠說：「王橫曾經為朝廷出力，今雖是冒犯欽差大人而死，還望給他一口棺木入殮，別讓他曝屍荒野。」馮忠答應，傳令地方官備棺入殮，並將岳飛押上囚車，命人封鎖消息，一路送往臨安。到了城中，再將岳飛悄悄送往大理寺獄中監禁。

第九章　奸臣誤國身先喪

第二天，秦檜假傳聖旨，命大理寺正卿周三畏審問岳飛。周三畏接旨後，將其供在公堂，便開始審問岳飛。

周三畏問道：「岳飛，你官居元帥，不思發兵掃北，報效朝廷，反而按兵不動，還克扣軍糧，事情屬實嗎？」岳飛說：「此言不實！您說我按兵不動，但我已經打敗了金兵百餘萬，眼看馬上就要掃滅金國，忽奉聖旨召回朱仙鎮養馬。此事元帥韓世忠、張浚、劉琦等人都可以為我作證。」

周三畏又問：「你既然沒有按兵不動，那關於克扣軍糧之事你又要如何解釋？」岳飛說：「我岳飛一生愛惜將士，與他們如同父子一般。若說我克扣軍糧，那也要有人指證才行。」周三畏說：「你的手下王俊舉報你的證據就在此處。」岳飛說：「朱仙鎮十三座大營，三十多萬兵馬，為什麼單只有這個王俊說我克扣他的軍糧？還望大人詳察！」

周三畏聽了，心中暗想：「肯定是秦檜這個奸賊，設計陷害岳飛，我又怎麼能

公明廉威

胡亂定他的罪？」周三畏心中已有決定，便對岳飛說：「還請元帥暫回牢房，待我奏明聖上，再請聖上定奪。」

那周三畏悶悶不樂地返家，不禁仰天長嘆：「岳飛居功厥偉，反被奸臣陷害。我一個大理寺正卿，若是任奸臣操縱，冤枉岳飛，那我的良心何在！日後定然受到世人唾罵。但我若不按秦檜的意思去做，肯定也是凶多吉少。此事當真進退兩難！還不如不做這個官！」打定主意後，他便把官帽和大印放在桌上，帶著家眷走了。

次日，秦檜得知周三畏掛冠而去，不由大怒。他一邊派人去追周三畏，一邊把万俟卨（ㄇㄛˋ ㄑㄧˊ ㄒㄧㄝˋ）、羅汝楫二人叫來。這二人官小人微，早早就依附秦檜門下，連忙趕去見他。一陣簡單的寒暄後，秦檜對二人說：「昨天我讓周三畏審問岳飛，不料他卻辭官離開。明天我讓聖上升你們的官，由你們二人審理此案。記住，一定要嚴刑拷打，讓岳飛屈打成招，親口承認，才好坐實他的罪名，定下他的死罪。若成此大功，另有升賞！」二人一聽，齊聲對秦檜說：「卑職怎敢不遵？一切請包在我們身上！」第二天，秦檜就奏請聖上，將万俟卨升為大理寺正卿，羅汝楫升為大理寺丞。在朝官員，也沒人敢出聲反對。

隔天，二奸賊命人將岳飛提出來審問。岳飛一看堂上的不是周三畏，而是這二人，立刻確定一切都是秦檜在背後搞鬼。岳飛對二人說道：「大人在上，岳飛沒穿公服，恕不施禮。」万俟卨說：「我奉旨審問，你是朝廷逆賊，怎可不下跪？」岳飛說：「我有功於國家，無罪於朝廷，審問什麼？」万俟卨道：「如此說來，我還應該跪你？」岳飛說：「我是統兵元帥，當然不能跪你。」二奸賊一看岳飛不服軟，便拿出聖旨逼他下跪。此外，還捏造許多罪名，將各種刑罰用在岳飛身上，但岳飛就是不認罪。

二奸賊手段盡出，岳飛已經被折磨得渾身血肉模糊，痛得死去活來，又被二奸賊用水澆醒，岳飛大叫：「我如今死了也就罷了！岳雲、張憲，你們可不能壞了我一世忠名！」二奸賊一聽，嚇得魂飛魄散。這岳雲、張憲都有萬夫不當之勇，若他們領兵殺到京城，到時候自己二人性命也難保。二奸賊商量後，便假意對岳飛說：「下官看元帥的供詞，都是大功。我們本想保元帥，為元帥奏本申冤，但秦丞相意圖加害於你，肯定不讓聖上看到我們的奏本。方才元帥提到公子和張憲二人，何不給他們寫封信，請他們來京為你辯冤？我們可助你送信，不知元帥意下如何？」岳飛道：「甚好！即使聖上不准，我亦情願與這兩個孩兒同死於此，方全我父子忠孝之名。」於是寫了一封家書交給万俟卨。

這二奸賊帶著岳飛家書，連忙到相府通報秦檜。秦檜一看大喜，立刻吩咐手下門客學著岳飛的筆跡，添減幾句，信中告訴兩人他在京很好，讓岳雲、張憲進京聽候封賞。等信寫完以後，就派人送出去。

汴梁總兵張保聽說岳元帥突然被傳召進京，之後音信全無，心裡十分擔憂，索性掛了總兵大印，帶上三、四名家將，悄悄趕往湯陰，拜見岳夫人。這才得知不只岳元帥，連岳雲、張憲也被召去京城了，趕緊快馬加鞭趕往臨安打聽消息。

在平江路，張保聽說岳元帥被抓、王橫慘死，不禁放聲大哭。他連夜趕到臨安，買通獄官，帶上飯菜前往獄中探望岳元帥。

張保走進牢房，只見岳元帥坐在中間，而岳雲、張憲則戴著手銬腳鐐坐在兩邊。張保上前雙膝跪下，大叫：「老爺！」岳飛一看是張保，便說：「你不在汴梁做官，到這裡來做什麼？」張保說：「我不願為官！這次來，一來是探訪老爺的消息，二來送飯，三來是想請老爺出來。」岳飛喝道：「張保！你跟隨我這麼多年，難道還不了解我嗎？沒有聖旨，我是不會出去的。你不必多言，快些出去吧！」張保又勸岳雲、張憲出去，二人也是搖頭拒絕。

岳飛催張保快走，張保跪著說：「張保一向受老爺抬舉，卻不能服侍老爺。今日不忍再見老爺、公子受屈，就先到陰司會合王橫兄弟，等候老爺！」說完，一頭撞向石牆，立時死了。岳雲、張憲一看，痛哭流涕。岳飛放聲大哭，道：「好個性情忠烈的張保啊！」然後請獄官買了一具棺材，幫忙將其入殮。

再說万俟卨、羅汝楫兩個奸賊，他們終日用極刑拷打岳飛父子和張憲，想讓三人招認，至今為止已經整整兩個月了。這天，已是臘月二十九，秦檜和夫人王氏在東窗下爐邊烤火飲酒，有家丁送來一封信件。秦檜一看，頓時雙眉緊鎖，滿面愁容。王氏問：「這是什麼信，讓相公看了這等不悅？」秦檜說：「我假傳聖旨抓了岳飛父子和張憲，又派人嚴刑拷打，想讓他們招認反叛罪名，如今已有兩個月，他們卻還是不肯招認。現在民間百姓都知道此事，還要為岳飛遞上萬民書。如果此事傳到宮中，我哪裡還能活命啊！但我若是放了岳飛，又會違背四太子之命，這可怎麼辦才好啊？」

王氏聽了，用手蘸了爐子裡的炭灰，在桌上寫下七個字：「縛虎容易縱虎難。」秦檜看了，也點了點頭說道：「夫人之言，甚是有理。」

二人正在商量之際，收到万俟卨派人送來的一盤黃柑。王氏一看，心生毒計，開口說道：「你就把一顆黃柑挖空，再寫一封信，把信藏在黃柑之中，命人將其送給万俟卨，讓他今晚殺了岳飛三人。將來若聖上問起此事，便說岳飛阻撓議和，反叛朝廷。」秦檜聽完大喜，立刻寫了一封信，叫婢女把黃柑的瓤挖乾淨，再把信放進去，差人送給万俟卨。

万俟卨得到指令後，當晚就派人將岳飛、岳雲及張憲三人帶到風波亭，再用麻繩將他們勒死。

這年，岳飛三十九歲，岳雲二十三歲。三人歸天之時，狂風大作，燈火皆滅，黑霧瀰漫，飛沙走石。

有詩曰：

忠臣為國死銜冤，天道昭昭自可憐。
留得青青公道史，是非千載在人間。

岳飛父子死後，牛皋率領眾兄弟和岳家軍繼續抗擊金兵，韓世忠、張浚、劉琦、吳氏兄弟等人也屢戰屢勝，逐漸穩住大宋半壁江山。岳飛死後不久，秦檜整天疑神疑鬼，沒多久便暴病而死。

高宗死後，孝宗即位。孝宗登基，立即為岳飛平反昭雪，追諡「武穆」（寧宗時追封「鄂王」，岳雲為「忠烈侯」，張憲為「成義將軍」），並親率百官到墳前祭奠。同年，岳飛的小兒子岳雷率大軍擊潰金兵，兀朮被牛皋打死，金國無力再戰。此後，岳飛被中華民族歷朝歷代敬仰。西湖邊岳王廟香火鼎盛，前來瞻仰祭拜的人潮絡繹不絕。

照片來源：Wikimedia Commons

1. 岳飛畫像
   日期：1921 年
   來源：《晚笑堂竹莊畫傳》
   授權許可：此作品屬於公共領域

2. 黃河，壺口瀑布
   日期：2008 年 6 月 8 日
   來源：私人著作
   作者：Leruswing
   授權許可：本文件採用知識共用 署名 - 相同方式共用 3.0 Unported 許可協議授權。

3. 秦檜夫婦跪像，於杭州岳王廟
   日期：2006 年 9 月 12 日
   來源：本張照片原始出處為 Flickr
   作者：helennawindylee
   授權許可： 此圖片發布在 Flickr 上，於 2008 年 4 月 7 日 02:44 由 Benjwong　使用 Flickr bot 上傳到 Wikimedia Commons。

4. 宋岳鄂王墓
   日期：2004 年
   來源：私人著作
   作者：Gisling
   授權許可：此檔案採用創用 CC 姓名標示 - 相同方式分享 3.0 未在地化版本授權條款。

5. 杭州岳王廟
   日期：2010 年 1 月 1 日
   來源：私人著作
   作者：Peter Potrowl
   授權許可：本文件採用知識共用 署名 - 相同方式共用 3.0 Unported 許可協議授權。

6. 頤和園長廊彩繪：岳母刺字
   日期：2008 年 4 月 6 日
   來源：https://www.flickr.com/photos/shizhao/3995532880/
   作者：shizhao
   授權許可：此作品屬於公共領域

7. 岳飛雕像，位於武漢黃鶴樓公園
   日期：2006 年 4 月 30 日
   作者：zh:User:Dice
   來源：由 zh:User:Dice 上傳至中文維基百科
   授權許可：此檔案採用創用 CC 姓名標示 - 相同方式分享 3.0 未在地化版本授權條款。

以人為鏡，習得人生

正直、善良、堅強、不畏挫折、勇於冒險、聰明機智……
有哪些特質是你的孩子希望擁有的呢？
又有哪些典範是值得學習的呢？

【影響孩子一生的人物名著】

除了發人深省之外，還能讓孩子看見
不同的生活面貌，一邊閱讀一邊體會吧！

★ 安妮日記

在納粹占領荷蘭困境中，表現出樂觀及幽默感，對生命懷抱不滅希望的十三歲少女。

★ 清秀佳人

不怕出身低，自力自強得到被領養機會，捍衛自己幸福，熱愛生命的孤兒紅髮少女。

★ 湯姆歷險記

足智多謀，正義勇敢，富於同情心與領導力等諸多才能，又不失浪漫的頑童少年。

★ 環遊世界八十天

言出必行，不畏冒險，以冷靜從容的態度，解決各種突發意外的神祕英國紳士。

★ 海蒂

像精靈般活潑可愛，如天使般純潔善良，溫暖感動每顆頑固之心的阿爾卑斯山小女孩。

★ 魯賓遜漂流記

在荒島與世隔絕28年，憑著強韌的意志與不懈的努力，征服自然與人性的硬漢英雄。

★ 福爾摩斯

細膩觀察，邏輯剖析，揭開一個個撲朔迷離的凶案真相，充滿智慧的一代名偵探。

★ 海倫・凱勒

自幼又盲又聾，不向命運低頭，創造語言奇蹟，並為身障者奉獻一生的世紀偉人。

★ 岳飛

忠厚坦誠，一身正氣，拋頭顱灑熱血，一門忠烈精忠報國，流傳青史的千古民族英雄。

★ 三國演義

東漢末年群雄爭霸時代，曹操、劉備、孫權交手過招，智謀驚人的諸葛亮，義氣深重的關羽，才高量窄的周瑜……

跨時空，探索無限的未來

騎上鵝背或者跳下火山，長耳兔、青鳥或者小鹿
百年來流傳全世界，這些故事啟蒙了爸爸媽媽、阿公阿嬤。
從不同的角度窺見世界，透過閱讀環遊世界！

【影響孩子一生的世界名著】

最適合現代孩子的編排，耳熟能詳的經典故事
呈現嶄新面貌，啟迪閱讀的興味與趣味！

★小戰馬

動物小說之父西頓的作品，在險象環生的人類世界，動物們的頑強、聰明和忠誠，充滿了生命的智慧與尊嚴。

★騎鵝旅行記

首位諾貝爾文學獎女作家寫給孩子的童話，調皮少年騎著白鵝飛上天，在旅途中展現勇氣、學會體貼與善待動物。

★好兵帥克

最能表彰捷克民族精神的鉅著，直白、大喇喇的退伍士兵帥克，看他如何以戲謔的態度，面對社會中的不公與苦難。

★祕密花園

有錢卻不擁有「愛」。真情付出、愛己及人，撫癒自己和友伴的動人歷程。看狄肯如何用魔力讓草木和人都重獲新生！

★小鹿斑比

聰明、善良、充滿好奇的斑比，看他如何在獵人四伏的森林中學習生存法則與獨立，蛻變為沉穩強壯的鹿王。

★青鳥

1911年諾貝爾文學獎，小兄妹為了幫助生病女孩而踏上尋找青鳥之旅，以無私的心幫助他人，這就是幸福的真諦。

★頑童歷險記

哈克終於逃離大人的控制和一板一眼的課程，他以為從此逍遙自在，沒想到外面的世界，竟然有更多的難關！

★森林報

跟著報導文學環遊四季，成為森林知識家！如詩如畫的童趣筆調，保證滿足對自然、野生動物的好奇。

★地心遊記

地質教授李登布洛克與姪子阿克塞從古書中發現進入地底之秘！嚮導漢斯帶領展開驚心動魄的地心探索真相冒險旅行！

★史記故事

認識中國歷史必讀！一探歷史上具影響力及代表性的人物的所言所行，儘管哲人日已遠，典型仍在夙昔。

影響孩子一生的奇幻名著

想像力，帶孩子飛天遁地

灑上小精靈的金粉飛向天空，從兔子洞掉進燦爛的地底世界……

奇幻世界遼闊無比，想像力延展沒有極限，只等著孩子來發掘！

透過想像力的滋潤與澆灌，讓創造力成長茁壯！

【影響孩子一生的奇幻名著】

精選了重量級文學大師的奇幻代表作，

每本都值得一讀再讀！

★西遊記

蜘蛛精、牛魔王等神通廣大的妖怪，會讓唐僧師徒遭遇怎樣的麻煩，現在就出發前往這趟取經之路。

★小王子

小王子離開家鄉，到各個奇特的星球展開星際冒險，認識各式各樣的人，和他一起出發吧！

★小人國和大人國

想知道格列佛漂流到奇幻國度，幫小人國攻打敵國，在大人國備受王后寵愛，以及哪些不尋常的遭遇嗎？

★快樂王子

愛人無私的快樂王子，結識熱情的小燕子，取下他雕像上的寶石與金箔，將愛一點一滴澆灌整座城市。

★愛麗絲夢遊奇境

瘋狂的帽匠和三月兔，暴躁的紅心王后！跟著愛麗絲一起踏上充滿奇人異事的奇妙旅程！

★柳林風聲

一起進入柳林，看愛炫耀的蛤蟆、聰明的鼴鼠、熱情的河鼠、和富正義感的獾，猶如人類情誼的動物故事。

★叢林奇譚

隨著狼群養大的男孩，與蟒蛇、黑豹、黑熊交朋友，和動物們一起在原始叢林中一起冒險。

★彼得・潘

彼得・潘帶你一塊兒飛到「夢幻島」，一座存在夢境中住著小精靈、人魚、海盜的綺麗島嶼。

★一千零一夜

坐上飛翔的烏木馬，讓威力巨大的神燈，帶你翱遊天空、陸地、海洋神幻莫測的異族國度。

★杜立德醫生歷險記

看能與動物說話的杜立德醫生，在聰慧的鸚鵡、穩重的猴子等動物的幫助下，如何度過重重難關。

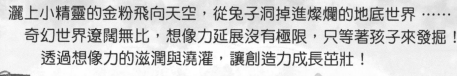

影響孩子一生名著系列 29

岳飛

文武雙全的儒雅元帥 · 精忠報國的英勇戰將

ISBN 978-986-97496-2-6 / 書 號：CCK029

作　　者：錢彩
主　　編：陳玉娥
責　　編：徐嫵婷、許庭瑋
插　　畫：黃俊維
美術設計：蔡雅捷、鄭婉婷

照片來源： Wikimedia Commons

出版發行：目川文化數位股份有限公司
總 經 理：陳世芳
發行業務：劉曉珍
法律顧問：元大法律事務所 黃俊雄律師
地　　址：桃園市中壢區文發路 365 號 13 樓
電　　話：(03) 287-1448
傳　　真：(03) 287-0486
電子信箱：service@kidsworld123.com
劃撥帳號：50066538

國家圖書館出版品預行編目 (CIP) 資料

岳飛 / 錢彩作 . -- 初版 . --
桃園市 : 目川文化，民 108.04
面 ; 公分 . --（影響孩子一生的人物名著）
ISBN 978-986-97496-2-6（平裝）

857.44　　108004808

網路書店：www.kidsbook.kidsworld123.com
網路商店：www.kidsworld123.com
粉 絲 頁：FB「悅讀森林的故事花園」

印刷製版：長榮彩色印刷有限公司
總 經 銷：聯合發行股份有限公司
地址：新北市新店區寶橋路 235 巷 6 弄 6 號 4 樓
電話：(02) 2917-8022
出版日期：2019 年 4 月（初版）
定　　價：280 元

建議閱讀方式

型式	圖圖圖	圖圖文	圖文文		文文文
圖文比例	無字書	圖畫書	圖文等量	以文為主、少量圖畫為輔	純文字
學習重點	培養興趣	態度與習慣養成	建立閱讀能力	從閱讀中學習新知	從閱讀中學習新知
閱讀方式	親子共讀	親子共讀 引導閱讀	親子共讀 引導閱讀 學習自己讀	學習自己讀 獨立閱讀	獨立閱讀